고흐의 변증법

고흐의 변증법

심은신
소설집

산지니

차례

◇

떼까마귀

이제 곧 그들이 검은 형상을 드러낼 시간이다. 어깨에 돋은 음습한 휘장을 펼쳐 11월의 하늘을 순식간에 덮어버리고 말 것이다. 상상만으로, 파도처럼 밀려오는 환, 환, 환, 환環 공포증….

이른 저녁이 내려앉자 강둑은 회갈색으로 짙어지고 수면은 석양의 와광臥光을 받아 유리처럼 반들거린다. 언뜻 겨울이 감지되는 태화강 풍경은 하얀 여백 위에 그려놓은 무채색 담화 같다. 허허롭다. 대숲은 강을 훑고 지나가는 바람을 유연한 흔들림으로 견뎌내고 있다. 나는 왜 여기 있는가. 문득 엘가의 첼로 협주곡을 연주하고 싶어지는 풍경이다.

하나… 둘… 셋… 긴장으로 뒷목이 조여오는 순간 서쪽 하늘 끝 멀리, 기다렸다는 듯 검은 전령들이 바람을 타고 날아오른다. 수만 마리가 해 저무는 청회색 하늘을 까맣게 덮는다. 소환된 밤 위를 헤엄치는 고등어 떼의 푸른 등 무늬… 등줄기를 타고 오르는 한기… 온몸의 피부에서 오소소 소름이 돋는다.

시청에서 전송된 공문은 두 달째 데스크 위에서 지역사회 주요 업무로 묶여 있다. D-7, 저 쓸쓸한 태화강과 섬뜩한 전령을 대상으로 진행해오던 업무도 일주일 뒤면 끝이다. 조금만, 조금만 더, 견뎌내자.

◇

"부장님, 박람회 전시 자문해주실 이무연 사진작가님 오셨습니다."

회색 다운점퍼를 걸친 이무연 작가 얼굴에 여행자의 피곤이 서려 있었다. 몽골에서 막 귀국하는 길이라는 그에게서 아득한 초원의 냄새가 났다. 탐조 유랑에 길든 눈이 우물처럼 깊어 보였다. 풀을 밟으며 걷고, 풀 위에서 사진을 찍고, 풀 사이 게르 안에서 잠을 자는 순한 식물성이 첫인상으로 다가왔다.

"아! 작가님, 어서 오세요. 제가 연락드린 이민우 부장입니다. 바쁘실 텐데 회사까지 와주셔서 정말 감사합니다."

"아닙니다. 의미 있는 일에 불러주셔서 감사합니다."

악수하는 그의 손이 따뜻했다. 두 달이나 비워둔 작업실로 가지 못하고 공항에 내리자마자 회사로 와준 그에게 미안했다.

우리 부서가 울산시 주관의 국제행사인 아시아조류박람회 사진전 기획을 맡아 순조롭게 추진해왔지만, 준비 막바지에 이르자 아무래도 불안했다. 삼백여 점의 사진 작품을 전시해 놓고도 깔끔한 마침표를 찍지 못해 전문가에게 자문받고 싶었다. 디스플레이어의 기획대로 화사한 조명 아래 설치해두어도 그저 철새 사진의 나열일 뿐, 박제된 정물처럼 생명력이 없어 보였다. 어디서 결핍이 느껴지는지 궁구해도 철새나 사진을 전혀 모르는 나로선 막막했다. 불과 개막 십여 일을 앞두고 고민하는 내게, 시청 담당 공무원은 십 년 이상 철새 사진만 찍어온 분이라며 이무연 작가의 연락처를 내밀었다.

처음 이틀간은 그와 연락이 닿지 않았는데, 나중에 들으니 통신망이 가용되지 않는 몽골 북단에 체류 중이었다고 했다. 가까스로 연락이 닿았을 때도 그는, 이번 박람회에 일부러 사진도 출품하지 않았다며 일에 관여하기를 꺼렸다. 완벽주의자의 습성을 버리지 못하고 거듭 부탁하자 이무연 작가는 익명이라는 단서를 전제로 돕겠다고 했다.

"탐조 여행 중이신 줄 알면서도 시일이 촉박해 어려운 부탁을 드렸습니다. 여독으로 피곤하실 텐데 여러모로 죄송합니다. 몽골엔 어떤 새를 찍으러 가셨던 건가요?"

"쇠재두루미를 찍고 왔습니다. 11월이 되면 몽골에 서식하는 쇠재두루미들이 8,000m가 넘는 히말라야산맥을 넘어 따뜻한 인도로 이동하는데 그 모습이 장관입니다. 인생에 화두를 던지는, 경전 같은 철새죠. 이동하기 전의 생태를 찍으면서 두 달간 경전 속에 푹 빠져 살았습니다."

"작가님 얘길 들으니 몽골에서 새를 찍은 게 아니라 인생을 찍고 오신 것 같습니다."

"하하, 그렇게 되나요? 하긴 인간살이나 철새살이나 비슷한 점이 많지요. 그런데, 어쩌다 S공사에서 박람회 사진전을 맡게 되신 겁니까?"

"작가님이 보기에도 정말 어울리지 않죠? 저도 살면서 이런 기막힌 업무까지 하게 될 줄은 몰랐습니다. 철새에 관해선 전혀 모르는 사람인데요."

두 달 전, 우리 부서는 시청으로부터 환경 프로젝트를 부여받았다. 회사가 지역발전사업의 일환으로 박람회를 후원하기로 결정한 것이다. 여러 행사 중 철새 사진전을 기획하고 전시하는 일이었다. 회사에 가시적인 상생 효과를 요구하는 지역 의원들을 만족시킬 호재이자, 국내는 물론 아시아에 회사 이름을 홍보할 수 있는 절호의 기회인 것이다.

국제행사니만큼 시 관계자들과 협력하여 원만하게 업무를 수행하라는 사장님의 특별지시를 받았다. 생소한 업무라 시작부터 당황한 내게 담당 공무원은 울산 출신 사진작가들의 명단을 내밀면서 시민과 관람객에게 감동을 줄 수 있는 콘셉트로 전시해보라고 조언했다. 사진전에 관한 한, 일체의 권한이 내게 주어지니 도리어 막연했다. 22개국 80여 개 단체

조류 관계자들이 참석하는 학술 세미나가 열리고, 철새서식지 보전을 위한 국제협력은 물론 태화강 조류 서식 실태 심포지움까지 개최되는 큰 행사라 두 달 내내 부담이 컸다.

"살다 보면 뜻밖의 일을 만나기도 하고 뜻밖의 사람을 만나기도 하죠. 만남에 시절인연이 닿는다면 인생의 전환점이 되기도 하고요. 이렇게 부장님과 만난 것도 서로에게 시절인연이 될 수도 있겠지요. 저도 철새 사진만 찍으며 살게 될 줄은 몰랐습니다. 십 년 전 뜻밖의 한 만남이 인생을 완전히 바꿨으니까요."

"그렇게 생각해주시니 제 마음이 한결 가볍습니다. 고맙습니다."

사진전 예산에는 처음부터 전문가 자문비가 포함돼 있지 않았고, 자문 자체가 화룡점정을 찍고 싶은 내 완벽주의에서 비롯된 것이어서 그는 순전히 무보수로 도와주는 셈이었다. 행사가 끝난 뒤 내 사비로 저녁 식사 대접하는 정도밖에 되지 않을 터였다.

"여기서 내려다보이는 도시 정경이 일품입니다. 시야가 확 트이는 조망만으로 자문 값은 충분하네요. 철새들의 군무가 여기서도 보일 것 같습니다만…."

이무연 작가는 통창 밖으로 도심을 가로질러 흐르는 태화강에 아련한 시선을 두며 감탄했다.

강의 북쪽, 한국S공사 30층 총무관리처 내 데스크에서는 왼쪽으로 고개만 돌리면 도심이 한눈에 들어온다. 구도심 중구 일대와 강 건너 남구, 멀리 울주군까지 한눈에 어우러진다. 이 낯선 도시에 깃든 지 6개월이 지났지만 내내 이방인처럼 겉돌고 있다. 풍경의 조망 끝에는 항상 외로움이 따라붙었다. 이무연 작가가 감탄하는 만추의 저녁 풍경도 내겐 귀향 막차를 놓쳐버린 여행객 심정과 다르지 않았다. 가족과 떨어져 홀로 객지에 거주하는 중년 남자의 감상을 지워내듯 그에게로 화제를 돌렸다.

"발령받아 온 지 6개월밖에 안 돼서 이 도시가 아직은 낯설어요. 작가님은 현재 울산에서 활동하신다고 들었는데 이곳 출신입니까?"

"아뇨, 고향은 충북입니다. 지금은 세종시가 된 곳이죠. 상전벽해라고, 고향이라기엔 무색할 만큼 변해버렸지만 그래도 고향이 좋습니다. 전 그저 철새를 따라 울산까지 오게 됐고, 철새가 좋아 십 년 이상 붙박이로 여기 살고 있죠."

"철새를 따라 사는 삶이네요. 그 열정이 부럽습니다."

"열정이라기보단 마음 가는 대로 움직이는 거죠. 부장님은 말투나 분위기로 보아 서울 분인 것 같습니다만… 맞나요?"

"예, 서울에서 온 이방인입니다."

지방자치제 기반 조성의 일환으로 공공기관 지방 이전이 거론되면서 내심 우려했던 일이 현실이 돼버렸다. 본사가 전국의 지방 혁신지구로 이전하면서 한국S공사도 울산시에 거대한 사옥을 지었고 완공식에 맞춰 거주지를 옮겨야 했다. 혁신지구는 오래되고 낡은 중구 끝머리에 산허리를 깎아 야심차게 건설되었고, 사옥 바로 앞 16평 신축 오피스텔이 내 집이 되었다. 조직 개편과 함께 지역사회사업 담당 부장으로 발령받아 내려오면서, 낯선 도시에 공헌할 수 있는 사회사업은 무엇일까, 모래처럼 흘러내리는 질문을 애써 끌어올리며 마음이 무거웠다. 사십 중반에 이르기까지 줄곧 환경안전 분야 관리자로 지내온 이력과도 무관한 업무였다.

서울에서 태어나 서울에서만 살아온 내가 지인 한 사람 없는 곳으로 옮겨오면서 즐거울 수만은 없었다. 달랑 첼로 가방 하나 들고 울산행 KTX에 몸을 실었을 때, 유배지로 압송되는 듯한 상상에 시달렸다. 앞뒤 없는 지방 이전만으로 분권화가 도래하는 것도 아닐 텐데, 직원들의 고단한 삶을 담보로 지방민들의 민심을 얻으려는 정치적 행보가 답답했다. 중·고등학교 재학 중인 아들딸의 상황도 전학을 강행하기엔 여의치 않았지만, 무엇보다 아내가 지방살이를 거부했다. 서울서 나고 자란 아내에겐 광역시도 시골이나 다름없는 듯했다. 주변 지인들도 감성적인 내 스타일과 이 도시는 도무지 어울리지 않는다고 만류했다. 때마침 수도권에 있는 자회사 임원 자리가 공석이어서 초빙 제의도 들어와 있었다.

"이민우 부장, 그 도시에서 살려면 답답할 거야. 언론에서 보여주는 그쪽 사람들 모습이 얼마나 거칠고 이기적인데. 내 느낌엔 돈에 대한 투쟁이 9할을 차지하는 도시인 거 같아. 산업도시라 돈이 도는 동네긴 하지만 문화적 기반도 약해. 밥은 안 먹어도 유명연주회는 꼭 찾아다니는 감성적인 사람이 힘들지 않겠어? 낯설고 황량할 거야. 차라리 네임밸류는 떨어져도 자회사 임원으로 남는 게 낫지 않을까?”

지인들의 우려는 바로 현실로 나타났다. 사내 봉사단은 이상적 가치 실현 기업이라는 비전 아래 지역 공헌 활동을 전략과제로 선정했고 전사적 차원으로 준비 중이었다.

그런데 개소식 다음 날, 지역 의원들이 공공기관 방문이라는 미명으로 들이닥쳐서는, 회사가 이 도시에 무엇을 해줄 수 있는지 공박하며 이윤 지역환수제를 요구했다. 지역 문화에 이바지할 수 있는 가시적 성과도 강조했다. 문화적 성과를 내놓지 않으면 이 도시에서 추방이라도 당할 것 같았다. 물론 꺼내놓기 어려운 재정 문제를 처음부터 확실히 해두자는 정치적 몸짓이었겠지만, 지역 문화를 위해 구성된 공기업 봉사단에 사의부터 표현하는 게 순리일 터였다. 지역과 공기업 간 동반성장을 모색하던 입장에선 갑의 모습으로 비쳐 씁쓸했다. 이방인을 대하는 인격적 태도가 아니라 재정적 수단으로 여기는 기능적 태도가 거슬렸다. 마치 이 황량한 도시를 제멋대로 점령한 불손하기 짝이 없는 검은 털의 떼까마귀처럼….

“그럼 이 부장님도 서울에서 오신 철새군요. 철새의 심정을 잘 아실 테니 이방인의 마음으로 사진전 콘셉트를 잡으면 어떨까요? 이미 전시관과 자료는 완비되었다니 콘셉트에 맞게 디스플레이만 조금 보완하면 되지 않을까 싶어요."

"이방인의 마음이라…. 쉽게 와닿지 않습니다. 시민들과 관람자들의 공감을 얻을 수 있을까요? 철새 사진전이지만 결국 인간의 마음을 표현하는 게 될 것 같은데요."

"새라고 다르지 않으니까요. 부장님이 고백한 것처럼 철새들에게도 이곳이 이방 땅입니다. 이번에 몽골에 갔을 때도, 월동하기 위해 인도로 떠나는 쇠재두루미에게서 이방인의 마음을 읽었거든요. 따뜻한 남쪽 나라도 고향에 비할 바는 아니죠."

"철새의 마음이라…. 서정성이 담긴 콘셉트라 좋긴 합니다만 제겐 좀 추상적입니다. 철새 마음을 어떻게 표현할 수 있을까요?"

"이미지화하는 거죠. 모든 홍보나 광고가 이미지화 작업인 것처럼요. 일단 제가 전시관을 한번 둘러보고 나름대로 재구성해 보겠습니다. 필요하다면 제가 가진 자료도 추가해드리죠."

"그래 주신다면 정말 감사하죠. 작가님을 잘 모신 것 같습니다."

"사진은 몇 작품 정도 확보하셨나요?"

"삼백두 점입니다. 그중에 떼까마귀 사진이 절반 정도 됩니다."

"당연히 그렇겠죠. 떼까마귀가 울산 조류의 상징이니까요. 제가 철새를 따라 울산에 정착하게 됐다고 말씀드렸는데 바로 떼까마귀를 가리킨 겁니다."

"그럼, 떼까마귀를 전시의 전면에 내세워야 할까요?"

"울산에서 열리는 조류박람회라면 우선 떼까마귀의 길과 마음을 따라가야겠죠. 그것이 곧 주제일 테고요."

"떼까마귀의 길과 마음이라…."

내 눈으로 직접 떼까마귀를 처음 본 건 11월 초, 회식을 위해 나섰던 이른 퇴근길에서였다. 으스름 저녁이 막 내려앉는 회색 풍경 속, 전깃줄에 빈틈없이 앉아 있는 거대한 무리의 까마귀를 보는 순간 소스라치게 놀랐다. 구도심의 고가도로 위, 양쪽으로 드리워진 몇백 미터의 전선을 한 치의 빈틈도 없이 점령해버린 수만 마리의 까마귀 무리는, 단순한 놀람을 넘어 혐오에 가까웠다. 다닥다닥 붙어서 일렬로 배열한 거대한 군집을 보는 순간, 알프레드 히치콕 감독의 영화 〈새〉를 떠올리며 전율했다. 온몸에 일제히 소름이 돋았다. 짙어오는 어둠보다 더 짙은 그들의 모양새는 차라리 스릴러에 가까웠다. 군집공포증에 몸을 떨어야 했다. 몇 달째 도무지 정들지 않는 도시를 더 정떨어지게 만드는 존재였다. 을씨년스런 11월, 서서히 다가오는 추위, 가족과 떨어진 고독한 생활, 황량한 이방의 산업도시, 그리고 혐오스러운 떼까마귀….

언젠가 경기도 S시 시민들이 정서 혐오 차원에서 떼까마귀 방지책을 호소한다는 기사가 연일 게재된 적이 있었다. 주택가를 점령한 떼까마귀로 인해 주차해둔 차에 새똥이 덕지덕지 붙어 있거나 울음소리로 시민들을 불안하게 해 연일 민원이 제기된다는 보도였다. 그들의 호들갑에 눈살을 찌푸렸는데 떼까마귀 군집을 직접 목격한 순간, 천문학적 예산이 들더라도 전선을 지하로 묻자던 그들의 민원이 과장이 아님을 깨달았다. 혁신지구 하늘 위를 가득 메운 검은 새 떼를 보면서 이방살이를 서둘러 끝내고 서울로 돌아가고 싶었다.

그때 울산 출신의 박 팀장이 황량한 저녁 바람에 옷깃을 여미며 대숲 방향을 가리켰다.

"이곳이 태화강 대숲과 가까워서 그래요. 대숲이 까마귀들의 집이거든요. 일몰 시간이 되면 수만 마리가 전부 대숲에 깃들어요. 그곳에서 자고 다음 날 새벽 다시 날아올라 몰려다니며 먹이를 구하죠. 매년 10월 하순에 울산으로 와서 이듬해 4월 초순에 떠나는데, 이젠 떼까마귀가 울산의 상징이 돼버렸어요. 철새들이 대숲에 깃들기까지 시민들이 태화강을 생명의 강으로 바꾸기 위해 이십 년간 각고의 노력을 기울였거든요."

바람이 차가웠다. 태화강 바람인지 무룡산 너머 출렁이는 바닷바람인지 언뜻 분간이 안 됐다. 혐오를 가득 담은 상사의 얼굴이 민망했는지 박 팀장은 바람을 견디며 담담히 도시를 변호했다.

“70년대부터 거대 공장들이 건설되면서 울산은 자본을 얻는 대신 청정자연을 포기했어요. 화학공단에서 흘러나온 폐수가 태화강을 죽였거든요. 습기가 자욱한 날엔 공단에서 날아오는 악취 때문에 창도 닫아야만 했어요. 사람도 강도 숨을 쉴 수 없을 정도였죠. 그래서 ‘생명의 강’이 시정의 구호가 됐습니다. 생각해보면, 학창 시절 교내외 글짓기 대회 제목은 죄다 ‘생명의 강’이었어요. 푸른 강을 시민들의 가슴에 내면화하려는 몸부림 같은 거였죠. 엄격한 규제 감독으로 환경정화에 집중한 결과 지금은 저렇게 철새들이 찾는 강이 됐습니다. 기적이죠.”

스릴러 영화를 보듯 목 뒤에 흐르는 전율에만 신경을 모은 채 도시의 뒷이야기를 듣고도 무심히 흘렸다. 환경오염과 문화 부재를 견디며 한국산업의 견인차가 된 시민들의 소외감이 언뜻 감지됐지만, 내겐 그저 타지의 흑역사일 뿐이었다. 경제성장을 위해 희생된 개인의 시간은 안타깝지만, 여전히 내 마음에 각인된 건 높은 연봉에도 만족할 줄 모르는 노조의 파업과 자기 이익에만 급급한 동네라는 편견이었다.

“그런데 작가님은 왜 이번 박람회에 출품하지 않으셨어요? 철새 사진이라면 우리나라 최고의 전문가신데…”

관람자들에게 떼까마귀의 길과 마음을 보여주고 싶어 하는 눈앞의 사진작가가 어떤 사람인지 문득 궁금했다. 시청에서 아무리 간청해도 박람회에 한 작품도 출품할 수 없다고 잘라 답했다는 얘기를 담당 공무원에게 들었다. 사진작가들에겐 이번 전시회가 자신을 홍보할 최고의 기회일 텐데 의아했다.

"미완성에 발목이 붙잡혔어요. 근래 제 사진에선 부족한 부분이 보이거든요. 생명력이라고 하면 얼추 맞을 겁니다. 사진에 관한 한 완벽주의 강박이 있어요. 작품으로 남는 건 십만 컷 중 한 컷 정도 될까요?"

그 말을 듣는 순간, 눈앞에 앉은 그가 어쩌면 내게 시절인연으로 남을 것 같은 예감이 들었다.

"이 부장님, 태화강에서 떼까마귀 군무를 보신 적 있나요?"

"아뇨, 없습니다. 사실… 별로 보고 싶지도 않았고요."

동그래진 그의 눈을 마주보기 민망해 실없이 웃고 말았다. 조류박람회 전시를 준비하는 실무책임자가 철새 군무를 본 적 없다는 건 직무유기일 테지만, 스릴러의 풍경 속으로 자진해 들어가고 싶진 않았다.

"솔직히 말씀드리면… 도저히 떼까마귀를 사랑할 수가 없습니다. 제가 군집공포증이 있거든요."

"군집공포증이요?"

"네 살 때 집안 사정으로 일 년 정도 부모님과 떨어져 시골 외할머니댁에서 지낸 적이 있습니다. 마을 풀섶에서 놀다가 떼를 지어 이동하는 개미를 봤죠. 그 후로 군집 형상만 보면 소름이 돋습니다. 정신과 의사 친구 말로는 부모님에 대한 그리움이 신체화 증상으로 나타난 거라고 하더군요. 정확한 이유는 아직 모르겠습니다."

학창 시절 운동장에 모여 있는 전교생의 까만 머리를 볼 때도 몸서리를 쳤고, 광장에 운집한 사람들의 사진만 보아도 소름이 돋았다. 도저히 그 증상을 견딜 수 없어졌을 때 첼로를 배우기 시작했다. 굵은 현에서 울려 나오는 중저음이 예민해진 마음을 가라앉혀주었다. 내게 첼로 연주는 신경안정제였다.

"군집공포증이라는 거, 혹 이 부장님이 스스로 만든 자가 신경증 아닐까요? 아마 대상을 사랑하게 되면 신경증은 저절로 사라질 겁니다. 떼까마귀를 사랑하게 될 방안이 있을 것 같기도 한데… 아무리 시일이 촉박해도 내일은 일몰 전에 저랑 태화강 철새생태공원에 같이 가시죠. 일단 군무를 직접 보고 일을 진행하는 게 좋겠습니다."

◇

태화강 철새생태공원에서 불어오는 바람을 맞고 서 있자니 가슴과 시야가 트이는 듯했다. 강바람이 아니라 바닷바람 앞에 서 있다는 착각이 들었다. 대숲이 웅숭깊은 웅얼거림을 뱉어내며 흔들렸다.

이무연 작가는 강 여기저기에 앵글을 맞춘 채 말없이 셔터만 눌렀다. 고대사회에서 국제항구였다는 태화강…. 준비위원회 첫 모임에서 담당 공무원은 박람회 주제를 '철새들의 중심지, 고대 국제항구의 재현'에 두고 싶다고 거창하게 말했다. 울산蔚山 지명의 유래가 우시산국에서 비롯됐으며, 우시산국은 외국 선박이 무시로 드나들던 신라 최대의 국제항구였다고 설명했다. 설화 속 처용이 아라비아 상인이었단 흥미로운 학설도 덧붙였고 반구대 고래 벽화로 미루어 태화강 유역이 바다였다는 말도 강조했다.

"작가님, 이 강이 고대에는 바다라고 들었는데, 믿어지지가 않네요."

"시민 경력 6개월에 많은 걸 알고 계십니다, 하하. 정말 바닷바람처럼 느껴지지 않나요? 동해가 여기까지 쑥 올라와 있었던 거죠. 어찌 보면 이번 박람회는 철새 생태 보존뿐 아니라 바다였던 태화강의 생명력을 환기하자는 데 의미가 있을 겁니다. 고래가 사라진 자리에 떼까마귀가 찾아온 건 우연이 아닙니다."

"그런가요?"

이무연 작가는 손목시계를 유심히 들여다보더니 오른손 검지를 들어 저녁 하늘을 가리켰다. 바람으로만 채워진 저녁 하늘은 을씨년스러웠다.

"십여 분 뒤쯤엔 떼까마귀가 몰려올 거예요. 오만여 마리가 한꺼번에 날아오르는 장면은 하나의 거대한 군무群舞입니다. 일몰 후 대숲에 깃들기 위해 흩어졌던 무리들이 하나로 모여 날아오르고, 일출 전 먹이를 구하러 나가기 위해 또다시 흩어져 하늘로 비상하죠. 다른 철새들과 달리 까마귀 사회에선 우두머리가 따로 없어요. 정해진 규칙이나 제약 없이 하늘 공간을 자유롭게 날아오르죠. 보고 있으면 장관이에요. 까마귀 군무에서 인간과 통하는 어떤 정서를 느낄 수 있으니 이 부장님도 진지하게 감상해보세요."

예술가의 눈에 담긴 특별한 감성이 부러웠지만, 개미 떼만 보아도 몸을 떠는 나로선 이해되지 않았다. 훌륭한 배경 설명에도 불구하고 혐오가 공감으로 바뀌긴 쉽지 않았다.

"사실, 떼까마귀가 아름답다는 생각은 한 번도 못 해봤습니다. 오히려 소름이 끼칩니다. 어제도 말씀드렸듯이 환 공포증 혹은 군집공포증이라고 해야 할까요?"

잘 갈린 칼날처럼 날카로운 공기가 얼굴을 훑고 지나갔다. 얼마 안 가 까마귀의 귀환을 기다리는 얼굴이 차갑게 얼었다. 이무연 작가는 조심스레 카메라에 망원렌즈를 끼우고 프레임을 맞췄다. 나는 떼까마귀 생태를 이용해 관광객을 유치하려는, 좀 더 솔직히 말하면 재정을 확보하려는 도시의 기획을 의심하며 침묵했다. 회의 어린 눈으로 예기 공포증에 떨고 있는데 이무연 작가가 독백하듯 말했다.

"원거리 사진에는 앵글이 무용지물일 때가 있어요. 프레임만 잘 잡으면 됩니다. 부장님, 떼까마귀를 함께 지내야 할 동반자로 바라보시면 어떨까요? 앵글에 맞춰 예민하게 들여다보던 시각을 바꿔서 그냥 부장님 프레임 안에 따뜻하게만 품어주세요. 우리도 다 떼까마귀처럼 철새에 불과한걸요."

태화강 둔치가 어둠으로 가라앉자 한기가 느껴져 외투 깃을 올리는데 섣부른 겨울이 이르게 도착한 듯했다. 이무연 작가와 나는 다른 마음, 다른 이유로 긴장해 있는데, 그가 하늘을 가리키며 극적인 목소리로 외쳤다.

"저기예요!"

그의 손가락을 따라간 시선 끝에는 이제 막 떼까마귀의 군무가 시작되고 있었다. 한 무리에 다른 무리가 섞여들고 또 다른 무리가 더해져 더 큰 공동체로 커졌다. 몇 무리로 나뉘어 종일 먹이를 구해 몰려다니다가 대숲 가까이 다시 모여든 까마귀들이 회색 공간을 자유롭게 날았다. 하늘로 치솟는가 하면 아래로 내리꽂히고, 다시 바람을 타고 급하게 비상하여 바람과 함께 공간을 유영했다. 청회색 하늘을 가득 메운 일몰 군무가 촉각적 심상이 되어 피부에 연쇄반응을 일으켰다. 가늘게 뜬 눈에 차고 건조한 공기가 와서 부딪쳤다. 시린 각막으로 바라본 하늘은 어느 북국의 하늘처럼 차가웠다. 문득 궁금해졌다.

"그런데 저 까마귀들은 도대체 어디에서 오는 건가요? 고향이 어디죠?"

“러시아 아무르강이에요.”

“아무르강?”

“러시아와 몽골, 중국을 가르는 큰 강입니다”

“꽤 멀리서 오는군요.”

“아무르강은 여러 민족과 떼까마귀의 터전이거든요. 민족마다 강을 부르는 이름도 따로 있습니다. 러시아에선 아무르, 중국에선 흑룡이라 불러요. 만주족과 몽골인들이 부르는 이름도 따로 있는데, 뜻은 모두 같아요. 검은 강이란 뜻이죠. 아마도 아무르강 물빛이 푸르다 못해 검게 보일 만큼 깊어서가 아닐까 싶네요. 게다가 강폭이 넓어서 가끔은 정말 바다가 아닐까 하는 생각까지 들죠.”

“작가님은 아무르강에 직접 가보셨나요?”

“탐조 여행차 여러 번 다녀왔어요. 나중에 아무르강에 서식하는 떼까마귀 동영상 보여드릴게요. 부장님도 분명 반하실 겁니다. 까마귀들이 군무에서 보여주는 메시지가 있거든요.”

태화강에 내리는 짙은 밤 때문이었을까, 과람한 감성 탓이었을까, 엘가의 첼로 협주곡 선율이 들려오는 것 같은 상상에 사로잡혔다. 이무연 작가의 진지한 설명에 여행 경험은커녕 이름조차 생소한 아무르강의 검은 물빛이 눈앞에 어른거리는 듯했다. 푸르다 못해 검은 강이란 어떤 모습일까. 대평원을 가르며 흐르는 아무르, 검은 강 위를 천천히 유영하는 검은 새들의 영상이 눈에 그려졌다. 검은 강에서 태어나, 검은 강에 발을 담그고, 검은 강물을 마시다가, 가을이면 태화강으로 날아오는 검은 새들이라니….

그들의 완벽하게 검은 깃털은 어쩌면 아무르에서 물든 것일지도 모르겠다는 엉뚱한 상상에 사로잡혔다. 검은 이미지가 마음 주변을 계속 겉돌았다. 지독한 신경증과 편견에 가려 그들의 깃털 속에 숨겨진 이야기도, 일몰 군무로 전하는 메시지도 전혀 감지되지 않았다.

멀리 자유로운 영혼으로 한 무리의 떼까마귀가 부리를 곧추세우고 곧장 날아올랐다. 셔터를 누르는 이무연 작가의 몸짓과 눈빛이 사뭇 진지했다. 그가 사진에 마음을 담고 있는 게 보였다. 문득, 자신을 담아주는 어떤 이의 넉넉한 프레임이 있어 떼까마귀는 외롭지 않겠다는 생각이 들었다.

“이 부장님, 제 작업실에서 커피 한 잔 드실래요? 조용해서 논의하기에는 회사보다 나을 겁니다. 구체적인 전시 방안을 나눠보시죠.”

◇

태화강변에 위치한 이무연 작가의 작업실은 복도 입구부터 철새 떼 사진을 전시해놓았다. 방문객을 맞는 첫 사진 속의 새는 대열을 이루어 하늘을 나는 기러기 떼다. 석양을 배경으로 V자로 날아가는 기러기 떼는 붉은 강을 헤엄쳐 가는 물고기 떼와 흡사했다. 유려한 날개가 민첩한 지느러미 같았다. 시베리아에서 출발해 얇은 날개로 무수한 들과 고원을 지나 매년 한국 땅에 안착한다는 사실이 새삼 기적처럼 여겨졌다.

"철새의 이동이 놀랍습니다."

"그렇죠?"

이무연 작가는 사람 좋은 미소를 지어 보였다.

새들의 날개 뼈는 가늘고 속이 비어 있어 가벼운 데다 십자가 모양의 현 버팀대로 받쳐져 쉽게 날아오를 수 있다고, 학창 시절 생물 시간에 배운 기억이 떠올랐다. 하지만 단편 지식 하나만으로 기러기를 이해할 수는 없을 터였다. 그 가볍고 여린 날개로 대륙을 건너오는 비밀은 엔지니어 출신인 내게도 선사의 그림처럼 신비로웠다.

작업실 안에 들어서니 예술적 분위기에 마음마저 따뜻하게 데워졌다. 조도 낮은 등과 은은한 클래식 음악, 기분 좋은 원두 향기, 그리고 태화강 쪽으로 통창을 낸 실내 구조가 어우러져 카페 안으로 들어선 기분을 느끼게 했다. 두 달 내내 느꼈던 압박감도 느슨해졌다. 전시의 예술성까지 끌어내기에 역부족인 내게 새삼 선생의 호의가 고마웠다.

"이 부장님, 하바롭스크 커피 드셔보실래요? 맛이 좀 독특해요."

"하바롭스크라면… 러시아 커피인가요?"

"맞습니다. 철새 사진 찍으러 갔다가 유명한 해적 커피를 만났어요. 달긴 하지만 저녁의 피로를 싹 가시게 하는 효능이 있습니다."

그는 마치 커피를 내리기 위해 존재하는 사람처럼 서 있었다. 낯선 손님이 왔다고 긴장하거나 과장된 모습을 띠지 않는 본연의 모습이 오래전부터 만나온 사람인 듯 편안했다.

순간, 그에게서 익숙한 기시감이 느껴졌다. 어디에서 마주쳤던 걸까, 분명 생생하게 꾸었는데 기억나지 않는 어젯밤 꿈처럼 묘연했다. 충북이 고향이고 울산에 십 년 넘게 거주해온 사진작가와 마주친 시공간의 좌표가 내게 존재할 리 만무했다. 그저 고마움이 친근감으로 다가온 감성 오류라 여기며 고개를 저었다.

통창의 맞은편에는, 동트는 새벽하늘에서 군무 중인 떼까마귀 사진이 걸려 있었다. 해결해야 할 눈앞의 과제 때문인지 저절로 작품에 시선이 꽂혔다. 주변 경관으로 보아 태화강 유역은 아닌 것 같았다. 주변에 산이나 건물이 전혀 보이지 않고, 지평선이 흐린 어둠 속에 잠길 듯 가물거렸다. 하늘과 땅이 한 몸으로 어우러진 저녁 빛이 또 다른 색감으로 빚어지고 있었다. 태화강이었다면 분명, 짙어지는 산과 대비되어 청회색으로 물들어가는 하늘조차 더 밝아 보였을 것이다.

"저 사진은 어디서 찍은 건가요?"

"아까 잠깐 말씀드렸던 아무르강이에요."

"아! 아무르. 작가님께 강 이름 듣고는 이미지가 강하게 다가왔어요. 너무 푸르러서 검은 강처럼 보인다는 표현이 시각적 자극을 일으켰거든요. 그러고 보면 이름이란 참 이상한 거예요. 백지의 개념에 선험先驗을 제공하니까요."

"행정 일만 하는 분인 줄 알았는데 이 부장님도 꽤 감성적인 분이시군요."

"왜 그렇게 생각하세요?"

"음, 대상을 쉽게 이미지화하니까요. 지나치게 객관적인 분들은 이미지화가 잘 안 되거든요. 보이는 것만 있는 그대로 보려고 할 뿐이지."

"그런가요? 칭찬 듣는 기분이긴 한데 제게 맞지 않는 옷 같기도 하고요."

"사실 알고 보면 사진도 대상을 주관적으로 이미지화하는 작업 과정 중 하나예요."

"듣고 보니 그렇네요."

"처음엔 탐조 차원에서 떼까마귀의 길을 따라가 보고 싶었습니다. 일단 울란바토르로 가서 지인의 집에 며칠 묵다가, 렌터카를 타고 북쪽으로 내달려 어렵게 아무르강에 이르렀죠. 거기서 한창 번식기에 있는 떼까마귀를 만났습니다. 고향에서 새끼 품은 모습을 대하니 그들을 새롭게 보게 되더군요. 아무르강을 따라 계속 동진하다가 러시아 연해주 하바롭스크까지 가게 됐습니다."

떼까마귀를 따라 멀고 먼 아무르의 길을 걷는 여행자의 모습이 삽화로 그려졌다. 아득하게 뻗은 검은 길 위의 순례자와 그를 인도하는 새 떼들…. 지독한 사랑 같았다. 기꺼이 일 년의 반을 타향인 울산에서, 나머지 반을 타국에서 보내게 만든 매력이 무엇인지 궁금했다. 어느 고고미술사학자의 말처럼 아는 만큼 보이는 법이라면, 신경증이 각막을 덮어버린 나 같은 사람은 눈을 뜨고 있어도 제대로 볼 수 없을 테다.

"참, 이 부장님, 혹 김 알렉산드라 페트로브나를 아세요?"

"아뇨, 처음 듣는 이름입니다. 러시아 사람 이름인 것 같은데요?"

"우리나라 최초의 여성 사회주의 운동가예요. 항일투쟁가이기도 하죠."

"그런 여성이 있었나요? 이름에 '김'이라는 성이 붙은 걸 보면 러시아에 귀화한 사람인가 봅니다."

"예, 함경도 출신의 여성이에요. 일제강점기 때 다섯 살 나이로 아버지를 따라 하바롭스크까지 흘러갔어요. 굶주림을 피해 무작정 러시아로 떠난 유민 출신이죠."

"그럼 러시아에서 사회주의 운동가가 됐다는 말씀인가요?"

"바로 사회주의 운동가가 된 건 아니에요. 러시아 남자와 결혼했다가 이혼한 뒤 조선인 벌목공들의 통역사로 취업했다고 들었어요."

"그 시대에… 당찬 여자네요."

"러시아 황제가 조선인 벌목공들에게 임금을 제대로 주지 않자 유창한 러시아어로 투쟁해 결국 받아냈다고 합니다. 그 일을 계기로 러시아 볼셰비키 당원이 되고 나중엔 조선사회당 일원이 되어 활약했대요."

"그런데 그 얘긴 왜?"

"결국 황제 호위군에게 체포된 그녀가 처형당한 곳이 바로 아무르강이거든요. 총살당했다고 하는데, 전해지는 말에 의하면 총에 맞자마자 그녀의 몸이 강으로 떨어졌다는군요. 그 뒤로 하바롭스크 시민들은 아무르강에서 낚시도 하지 않는다고 해요. 아무르강과의 인연을 느낄 수 있는 일화죠."

"이를테면, 역사적 인연인가요?"

"그렇죠. 김 알렉산드라 사연을 듣고 나니까 강에서 인생의 그림자를 보는 것 같았거든요. 사진 찍는 사람의 입장으로 보면 하나의 슬픈 오브제죠. 아무르강 유역과 하바롭스크, 연해주나 사할린 땅은 우리 선조들이 가난과 수탈을 피해 철새처럼 날아가 정착했던 땅이잖아요. 감회가 새로웠어요. 조선 유민들은 그저 살기 위해 그곳에 갔으니까, 결국 아무르강 유역은 조선인에게나 새들에게나 철새들의 땅인 거죠. 이후로 떼까마귀를 볼 때마다 이상하게 연민의 정이 생겼습니다. 유민이 돼야 했던 선조들을 보는 느낌이랄까요? 저 사진은 김 알렉산드라 일화를 듣고 난 다음 날, 이른 새벽에 아무르강에 나가 찍은 겁니다."

"아무르강에 선조들의 한이 흐르고 있는 셈이네요."

"그런 의미에서 저 사진은 제게 특별한 인생 사진이면서 철새만 찍는 사람으로 만들어준 작품입니다."

"유랑의 역사라…. 까마귀에게서 많은 걸 보셨네요. 그냥 사진사와 사진작가의 차이점이라고 하면 맞을까요?"

"하하 글쎄요…. 깃털에 묻어 있는 아무르강 냄새를 맡을 수 있다면 태화강 대숲의 까마귀를 조금은 안다고 할 수 있지 않을까요?"

이무연 작가의 감성 어린 고백에 떼까마귀를 곡식이나 축내고 똥이나 싸대는 존재로 여겨온 편견이 부끄러워졌다. 경쟁사회에서 길든 그대로 새들에게까지 적용해온 내 실리의 잣대가 얼핏 보였다. 실리가 없다면 아예 알려고도 하지 않는 지독한 신경증….

"1전시관에는 원둥지를 두고 떠나는 철새 사진을 모아 전시하면 어떨까요? 고향을 등지는 마음을 표현해보는 거죠. 2전시관에는 새로운 둥지가 돼준 태화강과 거기에 깃든 철새 사진을 전시해도 좋을 것 같습니다. 철새 보존구역의 중요성을 환기할 수 있겠죠. 원둥지나 새로운 둥지, 다 새들에겐 중요한 삶의 터전이니까요."

"원둥지와 새로운 둥지, 삶의 터전…."

이무연 작가의 제의에 새끼를 낳고 키워온 내 원둥지가 연상됐다. 서울에 둥지를 틀고 사는 사랑하는 아내와 자식들. 밥벌이라는 추위가 아니라면 이방 도시로 내려오진 않았을 테다. 가정을 지키고 자식을 키우기 위해서라면 언제든 기꺼이 주말부부로 서울과 울산을 오르내릴 각오가 되어 있는 내 삶의 여정….

"아무르에서 찍어온 동영상이 있는데 이번 전시회에 상시 상영해도 될까요? 혹 전시관에 프로젝터 설치 가능한가요?"

"그럼요. 그렇게 해주신다면 저로선 더 바랄 게 없겠습니다."

"일단 한번 보시죠. 그래도 부장님의 최종허락이 떨어져야 상영할 수 있으니까요."

노트북과 연결된 60인치 TV 화면에는 특이한 배경음악과 함께 아무르강이 환상적으로 나타났다. 강에는 저녁이 내려앉고 있었다. 주변에 산은 보이지 않고 지평선이 멀리 소실점으로 가물거렸다. 노랗게 물든 수면이 눈부시게 반짝였다.

화면은 마치 원색을 사용해 원근법으로 그려놓은 고흐의 그림 같았다. 잘린 귀를 붕대로 덮은 고흐가 그 저녁 아무르강에서 풍경을 그렸다면, 그의 지독한 신경증이 깨끗하게 치유되었을 것만 같았다. 첨예한 히스테릭을 가라앉히는 북국의 저녁 풍경이 따스했다. 한낮의 강한 햇살을 말갛게 씻은 해는 하늘과 강을 온통 노랗게 물들였다. 맑은 레몬즙을 풀어놓은 것 같았다. 하늘은 믿을 수 없을 만큼 깨끗했다. 놀라

움으로 풍경을 바라보는데 이무연 작가가 시선을 고정한 채로 입을 열었다.

"배경음악은 러시아 민요 '아무르강의 물결'입니다. 이어폰으로 첼로 연주를 들으면서 촬영했는데 정말 감동이었어요. 대상을 이미지화하는 데 음악만큼 훌륭한 소재는 없더라고요. 하늘도 정말이지 깨끗했습니다. 깃털이 완전히 검어서 오히려 순수한 까마귀들과 잘 어울리는 풍경이었어요. 아무르강이 얼어붙을 때쯤 떼까마귀는 우수리스크를 넘어 우리나라로 날아오는데 태화강이 피곤한 날개를 쉬게 하는 안식처죠. 관람객들이 그 날개 끝에 묻은 아무르의 향기를 맡을 수 있다면 더할 나위 없겠죠."

화면에선 자연 그대로의 강과 하늘, 무한한 공간 속에서 떼까마귀들이 자유롭게 날아올랐다. 날개에 노란 등을 켠 새떼의 장관이 펼쳐졌다. 시린 하늘을 밝히는 따뜻한 등불의 축제였다. 그들의 모습에 사랑스러움이 묻어 있다고 느낀 건 기적이었다. 화면 안에서 떼까마귀는 자연의 주인공이자 완전한 창조물로 변화했다. 머릿속에 있던 편견이 깨끗하게 지워졌다.

"그리고 참, 저기 아무르강의 까마귀 사진이 맘에 드시면 이 부장님께 선물할게요."

자신의 인생 사진이라 말한 귀한 작품을, 십만 컷 중 겨우 건져낸 한 컷을, 아무런 실리가 없는 일로 두어 번 만난 클라

이언트에게 선물하겠다는 비현실적인 사람. 그 사람의 입에서 흘러나온 선, 물, 할, 게, 요, 다섯 음절을 듣는데…, 순간 너무도 확연한 기시감에 귀를 의심하며 눈앞의 남자를 바라보았다.

놀랍게도 희미했던 실루엣에 실선이 그어지고 색이 입혀지는 걸 목격했다. 내 감정의 변화를 전혀 눈치채지 못하고 사진 분류 작업에 몰두하고 있는 이무연 작가. 고개 숙인 그의 프로필이 나의 프레임에 이미지화되어 들어온 순간, 세월 저편 빛바랜 삽화 하나가 뇌리를 압도했다. 무방비 상태에서 떠오른 기억이어서 당황스러웠지만, 그와 마주쳤던 시공간의 좌표가 점점 확연하게 재생됐다. 젊은 날의 까마득한 영상이 떠올랐다.

이무연 작가…, 그는 내 대학 시절 친구 영수의 고향 후배임이 분명했다. 대학 진학과 함께 조치원에서 낯선 서울로 갓 올라온 새내기, 신촌 지역 대학에 다니고 있는 고향 선배를 만나러 왔던 스무 살의 청년. 그의 홍안이 분명하게 떠올랐다.

때늦은 진눈깨비가 흩날리던 3월 초의 신촌, 우연히 나도 합류하게 돼 셋이서 저녁으로 부대찌개를 먹었던 그날. 내 친구 영수의 후배라면 내 후배와 다를 바 없다며 내가 기분 좋게 저녁을 샀고, 그는 낯선 서울에서 처음 따뜻한 밥을 사준 분이라며 필요 이상으로 고마워했다. 흑석동에 있는 J

대학교 사진학과 신입생 이무연에게 그날 나는 이렇게 질문했다.

"대학 신입생으로 서울에 온 기분이 어때?"

"영수 형 외에는 서울에 지인 하나 없어서 그런지 너무 춥고 낯설어요. 꼭 갈 곳 없는 이방인이 된 것 같습니다."

딱 그 하루, 그렇게 스쳐지나듯 만나고 헤어진 이후 영수와 나는 다른 학년에 번갈아 입대했고 이무연이라는 이름은 내 기억에서 지워졌다. 미국에서 석 · 박사 학위를 받은 영수가 현지 연구원으로 남았다가 암으로 세상을 떠나면서 이무연과의 접점은 내 인생에서 사라지고 말았다.

그날, 저녁을 먹고 헤어지면서 이무연이 내게 했던 말이 선명하게 재생됐다. 훌쩍 떠난 줄 알았던 기억이 철새처럼 다시 내게로 날아왔다.

"민우 형, 맛있는 저녁 사주셔서 감사합니다. 제가 사진학과 학생이니까 언젠가 멋진 사진을 찍게 되면 보답으로 형에게 꼭 선물할게요."

◇

청회색으로 번진 서쪽 하늘 끝 멀리, 무대 뒤에서 자신의 순서를 기다렸다는 듯 통창의 프레임 안으로 떼까마귀가 일제히 날아오른다. 그들의 장엄한 군무가 시작된다. 낙조를 배경으로 누구의 방해도 받지 않고 무한한 공간 위로 날아오른다. 몰렸다가 흩어지고, 흩어졌다 파도처럼 일어서며, 절대의 자유를 누린다. 무대 아래에서 비루한 존재로 취급받던 그들이 무대 위에서 펼치는 날갯짓이 아름답다. 하늘과 떼까마귀가 완전한 일체를 이룬다. 문득 그들이 내게 이방살이의 쓸쓸함을 잊고 자신처럼 자유로워지라고 말해주는 것 같다. 이방인이 아닌 당신 자신으로서 이 도시를 누려보라고, 당신이 어디에 있느냐보다 당신이 진정 누구이고 내면에 깃든 진실이 무엇인지가 더 소중하다고 말해주는 것 같다. D-1, 드디어 내일이다. 내일 저녁이면, 수많은 눈의 따뜻한 프레임 안에서 떼까마귀는 완전한 창조물로 하늘을 날아오를 테다.

인디고블루

크리스찬 디올*의 사진을 삭제했다. 스케치북 도안을 든 그의 멋진 프로필을 애장 사진 폴더에서 쫓아버렸다. 예술적 영감을 자유롭게 불러내 디자인하는 그를 사랑했는데, 언젠가부터 지독한 질투심에 시달렸다. 버티컬 라인, 오벌 라인, 시뉴에스 라인, 튤립 라인, H라인, Y라인… 새 시즌을 준비하는 내내 그가 창조한 디자인들이 뇌리를 둥둥 떠다녔다. 한 번만이라도 하늘의 수혜자가 되어 그가 누린 영감의 세계를 엿볼 수 있다면 심장이라도 내어주고 싶다. 머릿속이 캄캄한 동굴 같다.

일곱 명이 고개를 박고 F/W 시즌 컬렉션에 몰두해 있는 디자인실은 조용하기 그지없다. 이따금 길게 내뱉는 한숨 소리가 들릴 뿐이다. 화려한 퍼플 컬러의 A라인 컬렉션은 거의

* 프랑스 브랜드 '크리스찬 디올'의 창시자. 제2차 세계대전 당시 고통받고 있던 여성들에게 아름다움에 대한 열정을 선물했으며 대범한 스타일로 패션계에 신선한 충격을 주었다.

완성단계지만 흡족하지 않다. 두 달째 끙끙대는데도 충만하게 차오르는 기쁨이 없다. 며칠 전에는 도안이 온통 검은색으로 변하는 꿈을 꾸었는데, 어젯밤에는 눈동자에 하얀 막이 씌워져 아무것도 볼 수 없는 악몽에 시달렸다.

"윤희 씨, 잘 돼가요?"

실장이 등 뒤를 스쳐 지나가며 무심한 척 상황을 점검한다. 수많은 반문과 압박을 내포한 질문이라는 거 알고 있다. 머리가 아프다. 또 편두통이 시작되려나 보다.

코로나19 사태 종식이 요원한 지금, A라인의 로열퍼플 컬렉션은 시기상조인 것 같아 조심스럽다. 심리적으로 위축된 대중의 정서를 반영하지 못했다고 질타받을 수도 있을 테다. 새 컬렉션 준비과정을 주시하는 실장의 눈이 부담스럽다.

"그럼요. 모두가 힘든 시기인데 A라인에다 화려한 퍼플 컬러는 외면받을 수도 있겠죠. 하지만 윤희 씨, 그거 모르죠? 사람들은 위축될수록 표현하고 싶어 한다는 거! 대중의 소비 보복심리를 활용하는 게 지혜로운 전략이 될 수도 있어요."

주저하는 내게 실장의 조언이 잠깐 위로가 되긴 했지만, 그녀를 전적으로 믿을 수는 없다. 두 달 전 새 시즌 컬렉션을 각자 준비해보라고 지시한 그녀는 패션디자이너 개개인의 이런 고민을 훤히 예견하고 있었을 테다.

실장은 부임하자마자 혁신적인 안을 내놓았다. 그간 브레

인스토밍으로 아이디어를 창출하고 협업으로 디자인을 만들어내던 팀 관행을 과감하게 깨버렸다. 개인의 영감을 존중한다는 달콤한 격려와 함께, 감각적이지 못한 결과물은 폐기한다는 설명도 덧붙였다.

"새 시즌부턴 철저하게 개인별로 차등 고과를 줄 생각이에요. 당연히 인사에도 백 퍼센트 적용할 거고요. 새로운 수석 디자이너 임명은 이번 고과를 잘 받은 사람에게 주어지는 선물이 되겠죠."

단순히 분위기 쇄신 차원인 줄 알았는데 알고 보니 뉴욕 디자인스쿨 출신으로 현지에서만 십오 년 이상 일해온, 그녀 몸에 밴 방식이었다. 일곱 명의 디자이너들을 나란히 앉혀놓고 자신의 관리 스타일을 존중해달라며 미소를 머금었다. 나는 그날, 패션 디자인이 경쟁 속에 피어나는 꽃이었던가 자문하면서 시럽을 듬뿍 넣은 바닐라라테만 종일 홀짝였다.

A라인 퍼플 드레스를 입은 가상의 여인들이 그래픽 도안에 줄지어 서 있다. 늘씬하고 화려한 미인들이건만 도무지 현실감이 없다. 내 디자인은 뉴룩New Look*이 될 수 없다는 생각에 아프다.

"그건 한낱 몽상일 뿐이야."

* 크리스챤 디올이 1947년 파리의 S/S 컬렉션에서 발표하여 패션계에 센세이션을 일으킨 의상 스타일. 새로운 스타일이란 의미로 뉴룩이라고 부른다.

지수 말대로 내 안에서 충만하게 흘러나와 사람을 바꾸는 디자인은 한낱 몽상일지도 모른다. 우리 브랜드의 고유 콘셉트를 벗어나지 않는 선에서 쥐어 짜낸 도안일 뿐, 혁신적인 스타일에는 근접조차 못 했다. 소비자의 눈은 속여도 양심의 눈은 속일 수 없다.

"한낱 몽상이 혁신으로 바뀔 수도 있잖아."

지수에게 어깃장을 놓듯 반론을 제기했지만, 사실 쥐구멍에라도 숨고 싶었다. 허황한 구호 피켓을 들고 거리에 선 1인 시위자가 된 기분이었다.

유행을 선도하는 최고의 디자이너는 애초부터 바라지 않았다. 그저 하늘이 디올에게 준 영감의 일 퍼센트라도 얻고 싶을 뿐이다. 서른일곱 살의 최고령 디자이너라는 꼬리표가 이렇게 부담스러웠던 적은 없다.

"또, 여성들의 심리에 열정을 불러일으켰다는 디올 얘기야?"

지수가 대놓고 이죽거렸다.

'나는 여성을 안다'고 당당하게 말하면서 크리스챤 디올은 1947년 A라인 컬렉션을 세상에 내놓았다. 2차 세계대전 영향으로 직선적이고 갑갑한 옷을 배급받아 입던 프랑스 여성들에게 그의 디자인은 혁명이었다. 바디라인을 강조하면서 만개한 꽃을 부착한 그의 옷은 여성들의 심리에 열정을 불러일으켰다. 전쟁으로 억제됐던 소비 심리가 화려한 스타일을 받아들일 거라 확신했다던 디올. 그의 전망은 적중했고 소비자의 요구를 가시화한 디자이너로 급부상했다.

파리 유학 시절, 디올 전시회에 참석할 기회가 있었다. 단번에 시선을 사로잡는 컬러와 디자인에 충격을 받았다. 사람이 옷 하나로 혁명에 가까운 변화를 겪을 수도 있구나 싶었다. 옷은 옷이 아니라 한 사람 혹은 한 시대의 정신과 동의어로 느껴졌다.

그 뒤 시간만 나면 몽테뉴 거리에 있는 본사를 드나들었다. 그 공간 안에 있으면 메마른 뇌수도 영감의 수액으로 차오를 것 같았다. 유치하게도 디올의 유연한 사고를 흡수하는 정신적 제자가 되겠다고 다짐까지 했다. 엄존한 재능의 세계를 모르고 겁 없이 까불던 시절이었다.

"새 시즌 컬렉션을 만들기 전에 내 디자인의 시그너처부터 완성해요. 그게 없으면 평생 정신없이 그려대다가 폐기처분될 거예요. 내가 곧 그 디자인이고, 그 디자인이 곧 내가 될 수 있는 근간을 확립하라는 뜻이에요."

지난주 회의에서 설파한 실장의 말은 옳다. 나 역시, 사람들이 옷을 구매하면서 디자이너의 가치관과 만난다고 생각해왔으니까. 그때 어쩌자고 사람의 마음을 바꾸는 옷을 디자인하고 싶다는, 한낱 몽상을 품었을까.

F/W 컬렉션은 여전히 막막하다. 전염병으로 지친 여성들에게 화려함이 열정이 될 수 있을지도 의문이다. 디올이 화려

한 A라인을 내놓았을 때는 전쟁이 끝난 뒤였지만, 지금은 여전히 바이러스와 전쟁 중이다. 부직포로 만든 검은색 마스크와 화려한 A라인 퍼플 원피스, 둘의 조화를 상상해보면 차라리 두 눈을 감아버리고 싶다. 발표 회의가 삼 일밖에 남지 않았는데 자꾸 조급해진다.

"왜 또 심각한 얼굴이야?"

시장조사 나갔다 돌아오는 길인 듯 지수가 테이크아웃 커피를 내민다.

"네 디자인 꽤 괜찮아. 억압된 열정을 막 불태우고 싶을 때 옷으로 대리만족하는 것도 나쁘지 않잖아. 사람이 얼마나 살다 죽으려고 참겠어? 하고 싶은 대로 분출하고 사는 인생이 갑이지."

실장이 들을까 봐 낮은 목소리로 속삭이지만, 농담할 때처럼 지수의 콧등에 잔주름이 잔뜩 잡혀 있다. 남의 디자인을 진정성 없이 진단하는 습성은 여전하다. 언뜻 격려 같은데 묘하게 언짢아진다. 진품이 아닌 대리만족 품목, 기분 전환을 위한 마취제, 뭐 그런 뜻으로 들린다. 차라리, 넌 응용력만 있을 뿐 창조력은 없다고 말해준다면 진심으로 들릴지도 모르겠다. 동년배 입사 동기로 수석디자이너 자리를 놓고 신경전을 벌이는 거라 믿고 싶은 걸 보면 나도 한심하긴 마찬가지다. 서른일곱이나 됐어도 유치한 스무 살에서 조금도 자라지 못했다.

"네 말처럼 소비자에게 대리만족은 줄지 몰라도 정작 내가 만족이 안 돼서 그래. 진짜 힘든 건 그거야."

에스프레소 한 모금을 마시고 쓴맛 때문인 것처럼 이맛살을 찌푸렸다. 대수롭지 않다는 듯 피식 웃는 지수의 오른쪽 입꼬리가 살짝 올라가 있다.

"완벽주의 결벽증 또 시작이네. 디자이너가 옷 입을 사람 만족시키면 되지 자기만족까지 고민해?"

그래서 넌 배려 없는 직설 화법만 내뱉느냐고 반문하고 싶지만, 쓴 커피와 함께 억지로 삼키고 화제를 돌렸다.

"라인은 단순화하면 될 듯한데 컬러가 너무 강한 것 같아 맘에 걸려."

"로열퍼플이 뭐가 강해? 퍼플 속성의 반은 차가운 색인데. 레드가 강한 마젠타퍼플이라면 모를까."

변화를 시도하지 않은 건 아니었다. 라벤더퍼플이나 라일락퍼플은 채도가 약해서 무기력해 보였다. 아예 브라운 계열이나 그레이 계열로 바꾸는 건 우울한 시간을 더 무겁게 가라앉힐 것 같았다. 그렇다고 외국 디자인을 복제하기에는 브랜드가 넘쳐나는 국내시장에서 차별화가 어려웠다.

"고민할 게 뭐 있어? 너무 강하다 싶으면 아이리스퍼플이나 바이올렛퍼플로 낮추면 되지. 강하지도 약하지도 않은 딱 좋은 컬러잖아? 윤희야, 내가 충고 하나 할까? 넌 디자이너야. 철학자가 아니라고. 패션은 그냥 느낌이야. 이유 같은 건 없어. 끙끙 앓는 네 모습, 안쓰럽다 정말."

학과 동기에다 각자 유학을 다녀온 후 입사도 동시에 했으니 지수와는 십칠 년 지기다. 그녀가 보기에 내게 예술성은 고갈되고 고루한 고민만 남았다는 건 진실일 테다. 성격을 바꾸든지 디자인을 그만두든지 해야 끝날 고민이다. 둘 다 어렵다면, 영혼이 깃든 옷을 만들겠다는 욕심 따위는 버리는 게 맞을 것이다.

"윤희야, 내 충고는 딱 여기까지야. 오늘 모임에서 수다 떨려면 말수를 아껴야 하거든."

일곱 중 세 명의 디자이너만 골라 소모임을 만들고 자주 뭉치는 눈치다. 모임에선 밥 사고 술 사면서 인심을 얻지만, 모임 밖의 사람들에겐 관심조차 없다. 동기라는 이유로 어색하게 걸쳐져 있을 뿐, 나는 지수의 경계 언저리를 맴도는 사람이다. 그간 큰 갈등 없이 지내온 건 조언하는 자와 듣고 흘리는 자로 각자의 역할에 충실했기 때문인지도 모른다. 언제나 그랬듯 자연스럽게 화제를 바꿨다.

"참, 시장조사 나갔던 일은 어땠어? 지수 네가 전망하는 새 시즌 디자인 경향은 어때?"

"시장조사? 다 형식적인 거지 뭐. 치명적인 적자가 시장조사로 메워지겠어? 삼사십 대 여성들 구미에 확 당기는 획기적인 디자인을 내놓거나 아님, 고급화 전략으로 타개하는 방법밖에 없지. 중견 상장 기업이라 해도 현재 매출 보면 우리

회사도 아슬아슬해."

목소리는 낮지만, 지수의 눈은 연신 실장의 동선을 살핀다. 재무구조가 악화일로인 상황에서 코로나19 악재까지 겹쳐 회사는 생사의 갈림길에 직면해 있다. 패션 시장은 제조와 유통, 판매가 유기적으로 연결돼 있어서 붕괴 연타를 맞을 수밖에 없다. 위기를 피부로 느끼면서 다들 하루하루 살얼음판을 걷는 중이다. 이번 시즌 결과에 따라 일곱 명의 디자이너 중 세 명은 짐을 싸야 한다.

"이번 시즌에 생사가 달렸는데 아이디어는 떠오르지 않고…. 후, 정말 답답해."

지수가 커피를 마시다 말고 피식 웃는다. 조언하기 직전에 보이는 표정이다. 재능도 없으면서 생각만 많아, 라는 메시지가 그대로 느껴지는 건 자격지심일지도 모른다.

"사무실에 앉아서 무슨 아이디어를 얻길 바라? 아이디어가 시장조사나 관념에서 나오겠어? 모든 예술의 비밀은 열정이라는 디올의 말, 생각할수록 탁월한 명언이라니까."

지수 말이 뭘 뜻하는지 알기에 쓴 커피 한 모금 넘기는 걸로 대답을 일축했다. 지금 동거 중인 남자에게서 열정을 얻고 있다는 뜻일 테다. 며칠 전에 또 남자가 바뀐 걸 알았다. 야근하다 지수에게 연락했을 때 '지금 씻고 있는데 누구세요?' 하고 전화 받는 남자의 목소리가 이전과 달랐다. 내가 그녀를 알아 온 햇수만큼의 남자들…. 자기 삶이 기준인 건

이해하지만, 디올의 명언으로 덧칠한 사생활을 열정의 근원인 양 말하는 건 우습다.

"지수 넌 컬렉션 마무리했구나. 요즘 여유로워 보여."

"그 사람 오피스텔로 들어갔거든. 지루하던 삶에 생기가 돌아."

새로운 남자를 만나자마자 그의 오피스텔로 들어간 것도 그녀답다. 자기 말을 증명하듯 지수 눈에 생기가 돈다. 에스프레소의 쓴맛에 목이 타는 것 같다. 오늘따라 커피 농도가 너무 진하다.

"…이건 내 생각인데, 동거와 열정이 동의어는 아닌 것 같아. 디올이 말한 예술의 비밀은 더더욱 아닌 것 같고."

조언할 줄만 알지 조언받을 줄 모르는 지수에게 기어코 조언하고 말았다. 후폭풍이 오래 갈 걸 알면서도 미련하게 내뱉어버렸다. 기껏 생각해서 커피까지 사다 준 친구에게 융통성 없는 처세술이 민낯을 드러냈다. 조언 하나 흘려듣지 못하다니, 요즘 스트레스가 많이 쌓였나 보다.

"서윤희, 혼자 고고한 척할 건 뭐야? 네가 석훈 씨를 사랑하지 않아서 그렇지, 푹 빠질 만큼 사랑하는 남자가 나타나면 너라고 다르겠니?"

결국 사랑을 모른다는 얘기다. 그녀 입장에서 내 연애 방식은 케케묵은 근대의 사랑법쯤으로 보일지도 모른다.

석훈도 비슷한 얘길 했다. 깊이 사랑하지 않아서 선을 긋는 거라고. 삼 년이나 사귄 연인이 이럴 순 없다며 벌컥 화까지 냈다.

"윤희 너, 앞뒤 꽉 막힌 여자인 줄 모르지? 넌 머리에 흰 너울 쓰고 딱 성당에만 앉아 있어야 어울리는 여자야."

"답답한 여자 붙들고 속앓이하지 말고 언제든 자유롭게 떠나요. 나 석훈 씨 힘들게 하고 싶지 않으니까."

연말에 함께 여행 떠나자며 그가 항공 예매권을 내밀었을 때 차갑게 거절했다. 약속과 배려의 차원에서 서로를 지켜줘야 한다고 믿고 싶었다. 그는 무슨 말인가를 하려다 체념하듯 창밖으로 시선을 돌렸다.

지수 말대로라면, 석훈은 내 처지에 다시 만나기 어려운 남편감이다. 경제력 있는 부모 밑에서 사랑받고 자란 호남에다 미국 유수 대학을 졸업하고 외국계 은행에 근무하는 재원이다. 부모 형제도 없는 내가 분명한 선을 그을 때마다 지수는 제정신이냐며 현실을 똑바로 보라고 조언했다. 가끔은 그 조언이 무슨 수를 쓰든 그를 붙잡으라는 뜻 같아 기분이 상했다.

"프랑스 유학까지 다녀온 네가 이렇게 보수적인 여자인 게 이해가 안 돼."

석훈은 동반 여행을 거절당한 후 며칠째 연락이 없다. 부족한 것 하나 없는 사람인데 그와의 결혼을 상상하면 이상하게 흡족하지 않다. 그는 내게 과분한 사람이라고 되뇌어도 충만하게 차오르는 기쁨이 없다.

십칠 년간 잘 듣고 흘렸는데, 오늘따라 치기가 쓴 커피를 뚫고 불쑥 올라온다.

"지수야, 미안한 말이지만 남자를 통해 아이디어를 얻고 싶진 않아."

디자인은 가치이지 수단이 아니란 말까지 내뱉고 싶은 걸 겨우 참았다.

"요약하자면 제 컬렉션 콘셉트는 '자유'입니다. 코로나19로 오랜 시간 집 안에 갇혀 돌봄에 몰두하던 여성들에게 옷으로 해방을 선언하는 거죠. 억압됐던 욕망의 분출이랄까요?"

회의실은 확신에 찬 지수의 발표로 오랜만에 생기가 돈다. 그녀의 눈빛도 표정도 디자인도 반짝반짝 빛난다. 파격적인 컬렉션이다. 과감하게 로즈레드와 루비레드 컬러를 선보였다. 프리미엄 원단에 배색 펄 원사 트리밍으로 포인트를 더한 아이디어가 신선하다.

로즈레드로 물든 A라인 원피스는 화사함을 넘어 사랑스럽기까지 하다. 여자라면 한 번쯤 입어보고 싶은, 분명 특별한 날의 특별한 사람으로 만들어줄 옷이다. 상황에 억눌려 있었을 뿐, 새삼 자신이 여자란 걸 또렷하게 각성하게 될 실루엣이 아름답다. 드레스가 여성 실루엣의 비율을 찬양하기 위한 건축물이라고 말했던 디올은 언제나 옳다.

긴장한 디자이너들과 달리 실장은 연신 고개를 끄덕이며 지수에게 적극적으로 공감했다. 끄덕임의 횟수가 늘어날수록 지수의 눈은 점점 영롱해졌다. 발표 내내 분위기가 좋았지만 이제 철저하고 냉정한 실장의 평가가 남았다. 그녀가 숨겨둔 송곳날을 상상만 해도 피부의 통점들이 일제히 반응하는 것 같다.

"지수 씨 디자인은 황홀함 그 자체네요. 사랑스러운 컬러에다 여성스러운 라인이 꽤 인상적이네. 무엇보다 지수 씨의 시그너처가 잘 표현된 디자인이라 좋네요. 역시 디자인은 사람을 넘어설 수 없다니까. 수고했어요."

지수 얼굴이 로즈레드로 물든다. 장미처럼 화사한 저 얼굴이 지수의 시그너처가 맞다. 당당한 자신감과 달콤한 자기애. 재작년 전국 디자인 대회에서 수상했을 때도 저런 얼굴이었다.

"그런데 아쉬운 건…"

반말과 존댓말을 오가는 친근한 말투를 구사하지만 역시 실장은 숨겨둔 송곳을 꺼내 든다.

"샴페인 같은 황홀한 밤이 일상이 될 순 없죠. 세계적 추이로 볼 때 아직 샴페인을 터뜨릴 때는 아니야. 이런 걸 과유불급이라고 하나요? 너무 과한 점이 아쉽네."

반전으로 급강하하는 지수 표정을 다들 못 본 척하며 고개를 돌린다. 경쟁자에게 내려진 부정 평가에 내심 안도하며 디자이너들은 마지막 발표자인 내 얼굴을 빤히 들여다보고 있다. 가슴이 꽉 막힌 듯 답답하다.

"이제 윤희 씨 발표만 남았네. 들어볼까요?"

내게로 옮겨진 눈빛들이 예사롭지 않다. 꺾어야 할 마지막 경쟁자를 바라보는 섬뜩한 눈빛. 시작할 때보다 더 커진 부담감으로 브리핑을 하게 됐다.

사실은 어젯밤 고심 끝에 라인을 단순화하고 컬러를 완전히 바꿨다. 화려한 퍼플을 포기하고 블루로 가라앉혔다. 엄마에게 다녀온 뒤 갑자기 바꾼 거지만 이런저런 상념으로 잠을 설쳤다. 실장 말대로 감각적이지 못한 결과물이라 단번에 폐기되어도 감내할 수 있을까, 회사에서 쫓겨난다면 어디로 가야 할까, 어깨를 짓누르는 압박감으로 어둠 속에 못 박힌 것처럼 누워 있었다. 쫓겨나더라도 석훈의 집으로는 도피하지 않으리라, 앞서가는 생각들이 꼬리를 물었다. 유치하게도 수석디자이너가 된 지수를 상상하는 밤은 길고 지루했다.

하지만 오늘 아침 피곤한 눈을 떴을 때, 그냥 나답게 발표하자고 고개를 끄덕였다. 엄마의 잔잔한 미소가 가슴으로 스몄다.

"저는 이번 컬렉션에 인디고블루 컬러를 사용했습니다."

우리말로는 '쪽빛', 어두운 기운이 강한 청색이다.

실버화이트 블라우스에 인디고블루 스커트를 매치한 도안을 보고 실장과 디자이너들의 눈이 동그래진다. 퍼플 계열 안에서도 움직이길 꺼리던 내가 인디고블루라는 파격적 선택을 한 이유가 궁금한 모양이다. 계절과 어울리지 않는 블루 계열도 민망한데 왜 하필 인디고블루냐고 묻는 것 같다. 실장은 질문 대신 오른손으로 심각해진 턱을 쓰다듬는다.

"근대 서양인들은 동양에서 전해진 인디고블루를 보고 매료됐다고 합니다. 블루 개념조차 없던 서양에 인디고블루는 신비감을 줬고, 얼마 지나지 않아 화가들이 아끼고 사랑하는 컬러로 변모했습니다. 그림에서는 성모 마리아나 국왕의 옷에 사용하는 고귀한 색이 됐었죠. 보석으로 여겨질 만큼 귀한 인도의 돌 '라피스라즐리'를 갈아서 만든 게 인디고블루입니다. 구하기도 어렵고 가격도 어마어마하게 높았다고 해요. 귀했기 때문에 더 고결한 색이 되지 않았을까 싶습니다."

지수를 비롯한 디자이너들은 어이없는 표정이 역력하지만, 실장은 무슨 생각을 하는 건지 진지하게 듣고 있다. 속을 알 수 없으니 난감하다.

"17세기 화가 베르메르가 작은 캔버스만 고집한 것도 높은 가격의 인디고블루 때문이었다고 합니다. 그림에 인디고블루를 맘껏 사용하고 싶었는데 경제적 여유가 없었던 거죠."

"'진주 귀걸이를 한 소녀'를 그린 화가 말인가?"

실장은 상체를 앞으로 바짝 당겼다. 그녀의 동작 하나에 디자이너들의 눈동자가 따라 움직이고 심지어 눈썹까지 꿈틀댄다. 모두 실장의 속을 간파하고 싶은 눈치다. 입구로 들어왔으나 출구가 없는, 혹독한 서바이벌 게임에 초대받은 사람들 같다.

"예, 맞습니다."

"윤희 씨는 그 그림 직접 본 적 있어요?"

"유학 시절 네덜란드로 여행 가서 봤습니다. 소녀가 쓰고 있는 터번이 인디고블루인데 굉장히 신비로웠어요. 정결하고 평안한 느낌을 받았습니다."

실장은 팔짱을 끼며 고개를 끄덕인다. 전적인 공감은 아닐 것이다. 그녀의 송곳은 항상 팔짱 아래 감추어져 있으니까. 아직도 그녀의 심중을 모르겠다. 어떤 사인도 보내지 않는다.

"음, 하긴 휴양지가 즐비한 지중해 빛깔도 인디고블루지. 일상의 휴식 같은 거? 윤희 씨는 혹시 여성들에게 일상의 휴식을 선물하고 싶은 건가요?"

맞다. 역시 실장은 영민하고 감각적이다. 종식이 보이지 않는 전쟁 속 여성들에게 휴식을 줄 수 있다면 좋겠다. 하지만 그게 다는 아니다. 암울한 시간을 견디는 여성들에게 17세기 화가들이 염원했던 의미까지 선사하고 싶다.

"순결입니다."

순간적으로 공간을 덮어버리는 적막.

지수의 발표로 한결 누그러졌던 공기가 다시 얼어붙었다. 어색하고 민망한 기운이 역력하다. 제대로 설명하지 않으면 디자인 발표가 아니라 한낱 말 놀음에 그칠지도 모른다. 지수 말대로 철학자 흉내가 될 수도 있다. ppt 포인터를 쥔 손바닥에 땀이 밴다. 목에 힘을 주는데도 미세한 떨림이 음성에 섞여든다.

"코로나와의 전쟁은 어찌 보면 수치의 시간 같습니다. 인간의 욕망이 낳은 참혹한 결과니까요. 다시 본래의 겸허하고 정결한 모습으로 돌아가 자성하자는 메시지를 담고 싶었어요. 귀한 대상에게 인디고블루 컬러를 입혔던 17세기 화가들의 마음처럼요. 실장님이 말씀하신 휴식의 의미까지 더해진다면 제 컬렉션이 추구하는 바는 모두 담긴 겁니다."

묵직한 돌이 얹힌 것처럼 가슴이 답답하다. 좌중에 흡수되지 못한 낡은 언어들이 냉랭한 공기 속에 겉돌고 있다. 누군가 갑자기 폭소라도 터트릴 것 같다. 목과 어깨가 뻐근하다.

실장은 팔짱을 풀며 등받이에 천천히 몸을 기댔다. 모두의 시선이 그녀의 움직임을 따라간다. 모호한 눈빛만큼 심중은 여전히 오리무중이다. 반말과 존댓말을 섞어 사용하는 그녀에게서 친밀함과 엄격함을 구분하기 어려운 것처럼. 다가가면 거리를 두고, 거리를 두면 다가오는 야누스다. 드디어 실장이 입을 연다.

"궁금한 게 있어요. 갑자기 인디고블루로 바꾼 특별한 이유가 있나? 어제 조퇴하기 전까지도 퍼플로 디자인하는 거 내가 봤는데."

"엊저녁, 컬러를 바꾼 계기가 있었습니다."

"물어봐도 돼요?"

"개인적인 일이라서요. 제 삶의 소중한 것과 관련된 겁니다."

발표자와 실장의 얼굴을 번갈아 보며 바짝 긴장해 있던 지수의 입가에 조소가 스민다. 도안을 붙들고 철학자처럼 끙끙대던 결과가 이런 말도 안 되는 선문답인가 싶은 얼굴이다. 오른쪽 입꼬리가 올라가는가 싶더니 즉각 반문한다.

"지금은 17세기가 아니라 21세기예요. 무려 사백 년의 공백이 있습니다. 제가 알기론 현대에 와서 인디고블루는 의미가 완전히 달라졌어요. 흔한 청바지에 쏟아붓는 컬러입니다. 인디고블루에서 순결의 의미는 이미 사라진 거 아닌가요? 대중화되다 못해 노동자 옷의 상징이 돼버린 인디고블루로 윤희 씨가 원하는 상징을 표현할 수 있을까요?"

지수의 직설화법에 디자이너들도 눈빛으로 공감한다. 케케묵고 어쭙잖은 감상이라 여기는지 누군가는 자연스럽게 고개를 끄덕이고 있다. 이미 퇴색된 순결 따위를 현대 디자인의 가치라고 들고나온 네가 한심하다는 의미 같다. 네가 좋아하는 인디고블루처럼 이제 좀 대중적으로 변하라는 조언처럼 들린다.

덕분에 브리핑에서 강조하려던 인디고블루는 성모 마리아의 옷이 아니라 노동자가 입은 청바지로 귀착돼버렸다. 부정적인 피드백 때문인지 좌중에 일순 활기가 돈다. 안도감은 서바이벌 게임에 초대된 사람들의 양식 같다.

"윤희 씨, 유럽에서 유학한 티가 나네요."

지수는 추켜세우는 척 비난한다. 뉴욕에서 유학한 당신은, 그래서 뉴요커의 자유로운 삶을 사는 거냐고 반문하고 싶지만 억지로 흘려버렸다. 지수도 나도 이젠 기댈 곳이 없어졌다. 알량한 자존심을 지켜주던 유학파 꼬리표도 이젠 헐값이 돼버렸다.

"음, 옷에 담긴 상징성은 중요해요. 윤희 씨가 깊이 고민한 건 고무적인 일이고요. 지수 씨를 비롯한 대다수 디자이너가 움츠러든 마음에 해방감을 표현한 것과 방향이 달라서 개성도 있어 보이네. 나름 신선해요."

자료가 수북이 쌓인 테이블에 시선을 둔 실장은 뭔가 골똘히 생각하는 얼굴이다. 긍정적인 면을 짚어주었으니 이젠 냉정한 평가가 이어질 차례다. 좌중에는 숨소리 하나 들리지 않는다.

"그런데 윤희 씨, 이건 주관적인 느낌일 수도 있는데… 윤희 씨 말에 확신이 없어 보여요. 인디고블루를 왜 상의나 하의에만 사용했을까? 굳이 실버화이트나 빈티지핑크를 매치해 구성하지 않아도 됐을 텐데. 과감하게 전체를 인디고블루로 디자인할 생각은 안 해봤어요? 윤희 씨가 말하는 상징이 비현실적인 거 본인도 알기 때문인가?"

"…맞습니다. 너무 과한 느낌을 줄까 봐 그랬습니다."

영민한 실장은 심령술사 같다. 디자인으로 사람의 심리를 꿰뚫는 영매. 디자인과 대중 사이의 제사장. 인간 심리로 디자인을 불러내고 디자인에서 인간 심리를 읽어낼 줄 아는 능력자다. 그녀라면 새 시즌 컬렉션으로 어떤 디자인을 그려낼지 궁금해진다.

자신 없는 대답 때문인지 디자이너들의 얼굴에 하나둘 안도가 스친다. 지독한 외로움에 목이 탄다.

"현대인들에게 순결이 얼마만큼 영향을 줄 수 있느냐에 달렸어요. 17세기에 비싼 인디고블루로 성모 마리아의 옷을 그렸다면 아마 그 시대도 순결에 대한 반감이 강했단 뜻일 거예요. 난 그렇게 해석돼. 뭐든 부족하면 귀한 게 되니까. 더 부족하면 성스러운 게 되기도 하고. 대중의 정서가 어디에 응집돼 있는지 민감하게 찾아내서 만족시켜 주는 사람이 디자이너예요. 세상에서 가장 민감한 더듬이를 가진 사람이죠."

대중의 정서를 대변하는 것만이 디자이너의 역할이냐고 묻고 싶다. 대중에게 새로운 가치를 부여할 순 없느냐고 질문하려다 입을 다물었다. 현실성이라곤 눈곱만큼도 없는 망상이라 짚어준다면 답할 말이 없을 테니까.

크리스챤 디올은 대중의 심리를 대변한 것인지 새로운 가치로 이끈 것인지조차 혼란스럽다. 전쟁 때문에 억눌린 욕망을 분출시켜 준 건지 아니면, 삭막한 세계에서 열정의 세계로 인도한 건지 헷갈린다.

"브리핑 잘 들었어요. 다들 내용 보완해서 내일까지 최종 보고서 올리세요. 방금 서로 피드백한 내용 적용해서 수정해도 되고요. 검토해보고 가을 컬렉션 결정할 겁니다. 선정된 디자인의 주인이 당연히 수석디자이너로 승진하겠죠."

실장이 마지막 일침을 가한다. 그녀는 자체 제작 매뉴얼이라도 있는 것처럼 숨겨둔 송곳을 적재적소에 사용할 줄 안다. 그러나 그녀의 매뉴얼 중 가장 끔찍한 건 끝까지 보여주지 않는 심중이다.

바람도 쐴 겸 사옥 꼭대기 하늘정원으로 올라왔다. 회의는 끝났는데 무거운 마음은 여전하다. 긴장 탓인지 얼굴만 붉게 달아올랐다. 답답한 이유를 객관적으로 찾고 싶은데 잘 모르겠다. 능력 부족이나 실장의 모호한 평가 때문만은 아니다. 디자이너들의 차가운 반응 때문도 아니다. 그게 다는 아니다. 어쩌면 세상에 존재하지 않는 옷을 만들려다 비웃음을 산 부끄러움 때문인지도 모르겠다.

어제는 너무 답답해서 엄마에게 다녀왔다. 디자인 도안을 덮어놓고 네 시쯤 조퇴해서 무작정 추모공원으로 향했다. 사진 속에서 엄마는 여전히 온화한 얼굴로 웃었다.

"엄마, 나 왔어."

그래, 우리 윤희 왔구나. 힘들지? 라고 답해주는 것 같아 순간 울컥했다. 무슨 대단한 일 한다고 목이 메었는지 모를 일이다. 요즘 같은 때 누군들 밥벌이가 쉬울까. 그런데 무모하게도 디자인으로 밥벌이 이상의 꿈을 꾸다니. 그래놓고 서른일곱이나 돼서 나 힘들다고 응석이라도 부리고 싶었던 걸까.

일찍 홀로 돼 시장통에서 한복집을 운영했던 엄마는 직접 디자인하고 재단해 옷을 지어냈다. 한자리에서 이십 년 넘게 해온 일이어서 단골이 꽤 많았다.

"윤희야, 옷 짓는 일이 얼마나 행복한 일인지 아니? 옷을 짓는 건 사람을 사랑하는 일이야. 품을 재고 옷감을 고르고 마름질하고 바느질해서 완성하는 동안 오직 옷 입을 사람만 생각하게 되거든. 옷을 바꿔 입으면 사람의 겉모습뿐 아니라 마음까지도 달라져. 신기하지?"

굳은살이 박인 손으로 유학비까지 댔다. 엄마의 피로 파리에서 공부하고 있단 생각을 하면 내 마음에도 굳은살이 박였다.

"윤희 네가 엄마 꿈을 대신해주는 거야. 내가 지은 한복이 프랑스 파리까지 전해지는 기분이랄까? 그런데 프랑스 사람이든 한국 사람이든 옷 짓는 원리는 같을 거야. 그 사람에게 가장 필요한 걸 찾아서 입혀주는 게 아닐까? 그것보다 귀한 일이 세상에 또 어디 있겠니."

엄마가 지은 한복을 입으면 평범한 사람도 반짝반짝 빛이 났다. 핏기 하나 없이 왔던 여자가 모본단 다홍치마를 입자 뺨에 홍조가 피는 게 신기했다. 분홍색 본견 치마를 입으면 흐트러진 사람에게서 단아함이 돋았다. 분홍색 양단을 두른 초로의 여인에게서 발랄한 에너지가 느껴졌다. 고전적으로 혹은 현대적으로, 우아하게 혹은 농염하게, 화사하게 혹은 단아하게, 성숙하게 혹은 귀엽게, 사람의 개성과 향기에 따라 옷을 만들던 엄마는 고단한 요술쟁이 같았다. 엄마 옆에서 자투리 비단으로 인형 옷을 만들며 놀던 내게 디자인은 동화 나라로 가는 마법이었다.

추모 사진 안에서 엄마는 생전에 입버릇처럼 하던 말로 가만가만 위로해주었다.

"윤희야, 옷은 참 이상한 거야. 자신을 표현하기 위해 입는 게 옷인데, 자신을 정결하게 하는 게 또 옷이거든. 옷은 옷 이상이랄까? 간절한 소망으로 디자인하면 옷 입은 사람이 그 바람대로 바뀌는 거, 그건 디자인하는 사람만 아는 비밀이란다."

유학에서 돌아오자마자 엄마는 할 일을 마쳤다는 듯 지병으로 세상을 떠났다. 외동딸이 올 때까지 사력을 다해 견딘 사람 같았다. 이상하게 어제는 엄마 미소가 눈물 나게 그리웠다. 무능력한 딸 때문에 딸의 꿈에 얹은 엄마의 꿈은 피어나지도 못하고 부유하는 것 같아 아팠다. 세계 사람은커녕 자신도 행복하게 하지 못하는 디자인이라니…. 추모 사진 앞에서 끝내 울고 말았다.

"엄마, 미안해. 내가 이것밖에 안 돼."

하늘정원에서 내려다보이는 풍경은 늘 익숙하다. 즐비한 빌딩들이 뒤섞여 구역을 형성하고 있다. 멀리 리모델링을 시작하는 건물이 눈에 들어온다. 낡았다 싶었던 상업용 빌딩이 새 단장을 하려는 모양이다. 쫓겨나지 않으려고 얼른 새 콘셉트로 갈아타는 직장인 같다.

아름다운 빌딩이 있는가 하면 초라한 건물도 눈에 띈다. 디올은 말했다. 당신이 누구인지 제대로 보여주지 못하는 집에 사는 것은 남의 옷을 입은 것과 같다고. 내 집, 나만의 옷, 나만의 시그너처…. 자꾸 조급해진다. 내일까지 최종보고서를 제출해야 한다.

소나기가 내린 뒤라 희뿌옇던 전경이 오늘은 맑고 선명하다. 전염병으로 사람들은 막막해하는데, 역설처럼 공기는 깨끗해졌다. 사람이 자신의 힘으로 아무것도 할 수 없을 때, 그래서 욕망을 내려놓을 때, 그를 둘러싼 배경은 더 정결해진다는 법칙 같아서 아주 조금은 위로가 된다.

숨을 크게 들이마시며 고개를 들었다. 머리 위에는 어느새 훌쩍 높아진 하늘이 펼쳐져 있다. 도안 속 디자인에만 골몰하느라 머리 위에 저렇게 푸른 공간이 있다는 것도 잊고 지냈다. 오늘 하늘빛은 온통… 인디고블루다.

고흐의 변증법

1

유지는 정확히 오전 열한 시에 아를 시청 앞 광장에 도착했다. 호텔에서 카페라테 한 잔으로 몸을 깨운 후 이곳저곳을 배회하다가 광장 분수대 벤치에 앉으면 열한 시였다. 아를의 햇살이 오전 열한 시 즈음에 가장 강렬하다는 걸 몸이 먼저 알았다. 연청색 하늘에서 분사된 햇살이 성당 탑 위에서 눈부신 반사광으로 반짝였다.

유지는 수척한 얼굴에 실눈을 뜨고 쏟아지는 햇살을 똑바로 보려고 애썼다. 생 트로핌 성당을 마주 보고 앉아 한 시간쯤 졸고 있으면 하루 정도는 살아낼 힘이 생겼다.

이제 막 성당 밖으로 나온 한 쌍의 연인이 눈에 들어왔다. 남자가 사랑스러운 눈길로 연인의 이마에 키스하자 여자가 미소 지었다. 연인은 햇살 하나에도 행복해 보였다. 유지는 오래된 흑백 영화를 보듯 아련한 눈으로 두 사람을 응시했다.

—사랑해 유지야….

소거된 줄 알았던 남편의 고백이 환청처럼 맴돌았다. 기억이, 성당의 천 년 역사만큼 아득했다. 먹먹해진 가슴을 놓아주지 않고 또 호흡이 가빠왔다. 유지는 명치끝에 생채기라도 있는 사람처럼 가슴에 손을 얹었다. 평소 환자들에게 가르쳐줬던 연상 차단법을 낮은 소리로 읊조렸다.

"괜찮아, 괜찮아, 하나, 둘, 셋…."

숨을 크게 들이마신 후 다시 천천히 내쉬며 진정하려 애썼다. 조금씩 호흡이 잦아들었다. 자기 상처를 객관적으로 통찰해야 한다고 환자들에게 조언해온 날들이 참 우스웠다. 고통에 대해 손톱만큼도 모르면서 고통을 덜어주려 했던 모순이 부끄러워 유지는 눈을 감았다. 분수대 앞 벤치에 그대로 앉아 언제까지나 꾸벅꾸벅 졸고 싶었다. 눈을 감아도 망막에 햇빛의 잔영이 그대로 남아 있는 가수면 상태가 좋았다.

그간 유지의 병원을 찾아온 우울증 환자들은 지시어 몇 마디에 가수면 속으로 빠져들곤 했다. 눈을 감고 카우치에 비스듬히 누운 환자들에게 유지는 가볍게 지시했다.

—자, 이제 그날로 돌아가 봅시다. 하나, 둘, 셋….

상처에 직면하지 못하는 환자일수록 가수면 치료는 효과가 좋았다. 트라우마가 기다리는 시간으로 환자를 데려가면서 유지는 정신과 의사로서 즐거웠다.

하지만 아를의 햇살 아래에서 매일같이 졸며 깨달았다. 그간의 가수면 치료 효과는 자신의 능력 때문이 아니라 스트레스를 피해 잠들고 싶은 환자의 절망 때문이라는 것을.

성당 오른편, 벤치에 앉은 남자는 오늘도 그대로다. 유지가 남프랑스 아를에 이십여 일 머무는 동안 남자를 목격한 게 벌써 예닐곱 번이다. 고흐 카페에서도, 고흐 병원에서도, 론 강둑에서도 혼자 앉아 있는 남자를 여러 번 봤다.

처음부터 남자를 눈여겨본 건 아니었다. 이상하게 자꾸 거슬리고 신경 쓰였다. 햇살 아래 졸다가 무심코 눈을 떴을 때 그와 시선이 엉긴 적이 있었다. 그때 유지는 사선으로 턱을 돌리며 강렬한 반사광에 눈이 부신 척 눈을 찡그렸다. 겨우 아를까지 도망쳐 왔는데 우울한 사람과 조우하긴 싫었다.

달뜬 관광객들 사이에서 남자는 확연히 다른 눈빛으로 광장 주변을 서성거렸다. 허겁지겁 햇빛을 먹는 연약한 식물 같았다. 얼굴빛은 창백하고 앞머리를 쓸어 올리는 손가락은 가늘었다. 눈동자는 깊어서 동굴 같고 눈을 깜박일 때마다 긴 갈색 속눈썹이 그림자를 만들었다. 간헐적으로 숨을 크게 들이마시고 길게 내뱉는가 하면, 어느 순간 고개를 푹 꺾은 채 몸을 달팽이처럼 움츠렸다가 화가 난 듯 자리에서 벌떡 일어나곤 했다.

아를로 오기 전 유지에게 나타났던 증상도 비슷했다. 멍하니 앉았다가 갑자기 간호사들에게 잔소리를 퍼부으며 짜증을 냈다. 전에 없던 행동에 간호사들은 눈을 동그랗게 뜨고 쳐다봤다.

한번은, 유부남과 헤어진 후 우울증에 빠진 스물다섯 살 여자 환자에게 화까지 냈다.

—왜 본인의 상처만 생각해요? 이기적인 사랑 때문에 상처받을 주변 사람들은 생각 안 해요? 제발 이기심에서 벗어나세요!

공감 대신 쏟아놓는 유지의 질책에 그녀는 울면서 진료실을 뛰쳐나갔다. 그녀가 나간 후 손을 씻으며 세면대 거울을 보는데, 사랑 하나 제대로 지켜내지 못한 허술한 여자가 탄력 없는 얼굴로 서 있었다. 거울 속 여자가 불쌍했다가 갑자기 싫어져서 진료대 위에 놓인 모래시계로 찍어버렸다. 거울은 산산조각으로 흩어졌다.

간호사들이 유지의 시선을 피할 때쯤 두 달 일정으로 아를 행 비행기에 몸을 실었다. 몸에서 곰팡이가 피는 환시에 시달리다가 햇살이 퍼붓는 곳으로 도망쳐 왔다. 대학 후배를 페이 닥터로 앉혀놓고 무작정 떠나왔다.

출발 전날, 유부남을 사랑한다던 환자가 다시 찾아와 물었다.

—내가 갑자기 사라져버리면 가정으로 돌아간 그 사람이 죄책감을 느껴줄까요?

유지는 차갑게 대답했다.

—아닐 겁니다. 자기감정을 상대방에게 투사하지 마세요.

유지는 분수대 벤치에서 벌떡 일어났다. 고흐 카페를 향해 성큼성큼 걸었다. 봄이라 관광객이 부쩍 늘어나고 있었다. 고흐 카페는 화가 빈센트 반 고흐가 정신요양 차 아를에 머물 때 자주 들러 커피를 마시며 쉬어간 곳이라 했다. 그의 그림 〈밤의 카페테라스〉 배경 속에 앉아보려고 지구 끝에서 사람들이 오고 또 왔다.

유지는 카페 구석 2인용 테이블에 겨우 자리를 잡았다. 카페라테를 주문한 후 인천공항 가판대에서 구매한 『영혼의 편지』를 꺼내 들었다. 고흐가 동생 테오에게 보낸 편지를 그림과 함께 묶은 책이었다. 책갈피를 끼워둔 페이지의 한 문장이 유독 눈에 들어왔다.

'아무리 힘든 일이 있어도 나는 다시 일어설 것이다.'

유지는 피식 웃었다. 스스로 생을 마감한 고흐가 쓴 편지라면 지독한 모순이었다. 고대 유적이 즐비한 회색 도시에 찬란하게 쏟아지는 햇살까지도 모순처럼 보였다.

이리저리 빈자리를 찾던 남자가 다가왔다. 성당 옆 벤치에 앉아 있던 그 사람이다.

"자리가 여기밖에 없어서…. 앉아도 될까요?"

유지는 짧은 목례로 앉으란 말을 대신했다. 엉거주춤 어색하게 앉는 남자의 머리 위로 뿌연 햇살 입자들이 떠다녔다.

마주 앉고 보니 남자의 몸피가 많이 야위었다. 두툼한 회색 체크무늬 남방이 더워 보였다.

“한국 분이시죠? 광장 분수대 벤치에 앉아 있는 모습 여러 번 봤어요.”

부담스러운 침묵을 깨려고 꺼낸 남자의 말에 유지는 건성으로 고개를 끄덕였다.

“전 영화를 만드는 사람인데, 실례가 되지 않는다면 뭐 하는 분인지 여쭤봐도 될까요?”

유지는 소중한 자유 시간을 방해받은 것 같아 짜증이 났다. 단순한 목격을 유의미한 경험처럼 말하는 그에게 무표정으로 대답했다.

“그냥 평범한 가정의 아내예요. 좀 쉬러 왔어요.”

말해놓고 나니 우스웠다. 평범한 가정의 아내…. 삼 년 전 아를로 신혼여행 왔을 때 남편이 유지에게 했던 말의 패러디였다.

—유지야, 내 정체성 중에 가장 소중한 게 뭔 줄 알아? 네 남편이라는 정체성이야.

이젠 지독한 모순이 돼버린 그 말을 연상하고는 피식 웃었다. 눈앞에서 일렁이는 햇살이 유지에게 참소하는 것 같았다. 그렇지? 찬란함은 그저 시각적 착각으로 생기는 순간의 빛 무더기일 뿐인 거지?

—너랑 사는 게 지겨워. 널 봐도 이젠 설레지 않아!

남편은 근거 없는 핑계를 대며 씩씩댔다. 떠나는 행동을 정당화하려는 명제 같아서 반박하려다 그만두었다. 급하게 챙긴 그의 캐리어를 붙잡고 싶었지만, 가만히 서서 보기만 했다. 너를 보면 설렌다던 과거 고백에 근거한다면, 지겹다는 건 사랑이 사라졌다는 뜻이었다. 사랑은 거짓이 되었고 변심은 참이 되었다.

집을 나갈 때의 뒷모습이 그의 언어만큼 모순에 차 있었다. 현관문이 쾅 닫히자 처음으로 호흡이 버거웠다. 유지는 그 자리에 주저앉아 해가 질 때까지 현관문을 노려보았다. 숨을 크게 들이마시고 길게 내쉬고 또다시 크게 들이마셨다.

"평범한 가정의 아내라…. 분명한 정체성이 부럽습니다."

남자는 웃지 않고 진지하게 대답했다. 유지의 무응답에 작위적으로 고개를 몇 번 끄덕이더니 조용히 커피만 마셨다. 그리곤 이따금 연청색 하늘에 시선을 두며 길게 숨을 내뱉었다.

유지는 비우지 않은 커피잔을 내려놓고 자리에서 벌떡 일어섰다.

"먼저 실례하겠습니다."

2

팬지꽃이 만발한 고흐 병원 뜰은 아늑한 동굴 같았다. 유지는 매일 이곳에 들러 두세 시간씩 머물렀다. 상념에 빠져 있다가 지겨울 때쯤 2층 도서관에서 책 구경을 하다 보면 시간이 금방 흘렀다. 바쁘게 돌아가는 한국에서 흐르지 않던 시간이, 정지된 것 같은 아를에서 잘 흘러간다는 사실이 모순 같았다.

관광 일행이 팬지꽃 앞에서 차례로 사진 찍느라 여념이 없다. 고흐가 정신분열증으로 일 년간 입원한 병원이라는 가이드의 설명에 관광객들은 잠깐 숙연한 표정이 됐지만 이내 들뜬 표정으로 사진을 찍어댔다. 유지는 한 인간의 절망을 추억처럼 얘기하며 즐거워하는 사람들이 의아했다. 절망도 오랜 시간이 흐른 후에는 가벼운 에피소드로 남는다는 사실을 이해할 수 없었다. 풀 수 없는 모호한 추리 같았다. 유지에게 치료받는 환자들이 건넨 질문도 비슷했다.

—선생님, 고통이 무디어지길 기다리는데 그게 쉽지 않네요. 언제쯤 가능할까요?

유지는 시선을 돌려 연인 앞에서 포즈를 취한 젊은 여자를 바라보았다. 삼각대 위에 사진기를 놓고 렌즈를 조절하던 연인이 왼손 엄지와 검지를 동그랗게 만들어 오케이 사인을 보내주자 여자는 꽃보다 환한 미소를 머금었다.

삼 년 전, 아를에서 열린 한-불 미술교류전 기간에 맞춰 신혼여행 왔을 때 남편도 꽃 앞에 선 유지에게 오케이 사인을 보냈었다.

—사람을 사랑하는 것보다 더 예술적인 건 없다는 고흐의

말은 정말 명언이야. 아무리 봐도 너보다 예쁜 꽃이 없네.

가끔 유지는 그때 쏟아낸 남편의 고백이 외로움에 떨다가 스스로 잘라버린 고흐의 귀 같다는 상상을 했다. 얼마나 끔찍하게 싫었으면 그 고백들을 한순간에 잘라버렸을까 생각하며 진저리를 쳤다.

수국 시리즈를 그려 대한민국미술대전에서 대상을 받은 남편은 결혼 전 미대 교수로 초빙되었다. 소개팅 자리에서 왜 하필 꽃을 그리느냐고 유지가 물었을 때 그는 즉답했다.

—꽃은 존재의 절정이잖아요. 사랑이 인생의 절정이듯이.

확신에 찬 표정이어서 그의 대답은 불변의 진리로 증명된 참 명제 같았다. 진료실에서 심리 프로파일을 분석하다가 급히 소개팅 자리에 나간 유지는 꽃을 그리는 그에게 강하게 끌렸다. 육 개월 만에 결혼하면서 사랑이 인생의 절정이라는 말을 한 번도 의심하지 않았다. 환자들에게 조언한 말대로 살고 있는 것 같아 오히려 뿌듯했다.

—무엇보다 중요한 건, 자기감정에 정직하게 반응해야 한다는 점이에요. 자신이 진정 원하는 걸 하세요. 미해결 과제는 인생에 두고두고 아쉬움을 남기니까요.

그 말은 남편이 나간 자리로 들어와 유지를 조롱했다. 결혼 삼 년 차 서른여덟 살의 남편이 스물다섯 살 대학원생 조교와 연인 관계라는 고백을 듣고도 욕설을 내뱉거나 따귀를 때리지 못했다. 진료실 안에서 왔다 갔다 서성이기만 했다.

세면대 거울 속 여자를 향해 중얼거렸다.

—이건 정직한 반응이 아니야. 왜 직면하질 못해?

아를행 비행기를 예약하면서, 신혼여행지를 다시 찾아간다면 혹시 갈가리 찢긴 자아와 직면할 수 있을지도 모른다고 자기최면을 걸었다. 비행 열두 시간 내내 머릿속으로 가수면 치료 지시어를 되뇌었다.

—이제 당신은 모순에 찬 시간 속으로 가는 겁니다.

"안녕하세요. 여기서 또 뵙네요."

고흐 카페에서 마주 앉았던 그 남자였다. 분명히 경계신호를 보냈는데도 예의 순진한 눈을 그대로 뜨고 있다. 유지는 반사적으로 시선을 돌렸다. 괜히 시선이 마주치면 정신과 의사로서 무의식적 책임감이 생길 것만 같았다.

남자는 유지가 앉은 벤치로 와서 어느 정도 거리를 두고 앉았다.

"아를에 잠깐 머물다가 돌아가려고 했는데 햇살이 좋아서 이십 일 넘게 이렇게 주저앉아 있네요. 제 이름은 고호상입니다. 학창 시절부터 친구들이 고흐의 자화상이라고 부르며 놀려댔죠."

우울한 이미지와 전혀 다른 생뚱맞은 이름에, 잔뜩 긴장해 있던 유지는 피식 웃어버렸다.

"확 깨죠? 이름 때문에 평생 분위기 있게 살긴 글렀습니다.

어디로 떠날까 고민하다가 고흐가 머물렀던 곳이라 고향 찾듯이 여기로 왔어요."

"고흐와 고호상, 개그 제목 같네요."

"그렇죠? 그렇게 웃으니까 참 예쁘세요. 눈이 깊은 것 같아서 걱정했거든요. 아, 주제넘었다면 용서하세요. 제가 지금 우울증을 앓고 있어서 그런지 우울한 사람이 눈에 잘 들어옵니다."

"고호상 씨는 무슨 근거로 내가 우울한 사람이라고 판단하는 거예요?"

"감기 걸린 사람이 감기 걸렸다고 말 안 해도 알 수 있는 것과 비슷한 이치죠."

남자는 자신을 서른여섯 살의 무명 영화감독이라고 소개했다.

"지난 십 년 동안 의욕적으로 제작했던 다섯 편의 독립영화들이 전혀 빛을 보지 못했어요. 그중 한 편은 아예 스크린에 올리지도 못했죠. 이젠 제작에 참여하려는 개인이나 동호회도 없어요. 먹고살기 막막해지니까 자본이나 배급망에 연연하지 않으려 했던 초심도 변하네요. 초조해요."

"기본 욕구 없는 상위 욕구는… 아, 아닙니다."

"없다는 말씀이죠? 당연히 그렇겠죠. 막다른 골목에 이르렀다고 생각하니 몸에 이상 증상이 나타났어요. 가슴이 답답하고 숨쉬기가 힘들었어요. 호흡곤란으로 죽을 수도 있겠다 싶었죠. 불쌍해 보였는지 여자 친구가 석 달 치 월급을 쥐여 주면서 어디로든 여행을 다녀오라고 권하더군요."

"……"

"여자 친구는 행정복지센터에서 민원서류 발급 업무를 하고 있는데, 한 번은 울먹이면서 얘기하더라고요. 하루에만 신규 주민등록을 수십 건씩 해주는데 우리 두 사람만 등록할 곳이 없다고요. 아를까지 왔지만 사실 돌아갈 곳이 없어요."

숨 쉬려고 떠나온 남자의 호흡이 언제까지 유효할지 막막해 보였다. 유지는 갸름하고 섬세한 남자의 얼굴선을 불안한 눈으로 바라보았다. 거친 영화판에서 어떻게 십 년을 버텨왔는지 의아했다.

"독립영화 제작을 계속할지 그만둘지 여기서 결정하려고요. 가능성이 없는데 미련을 두는 건 영화에 대한 모독 같아서요. 독하게 마음먹고 공시 준비라도 하면 여자 친구에겐 덜 미안하지 않을까요. 내 옆에서 십 년의 시간을 낭비했거든요. 평범한 가정의 아내라는 정체성, 내 입장에선 축복 같아요."

남자의 연갈색 속눈썹이 침잠된 눈동자를 덮었다. 어느새 상담 같은 분위기로 들어와 버린 상황이 버거웠다. 역시 그와 얽히지 말았어야 한다는 후회가 일었다. 유지는 남자에게 습관처럼 조언을 해주려다 입을 다물었다. 그에게는 능력 없는 정신과 의사의 조언보다 한 줌의 햇살이 더 유용해 보였다.

"하루에도 수십 번씩 자기최면을 걸어요. 굳이 내가 영화를 만들지 않아도 된다고요. 영화 만드는 사람이 꼭 나여야 하는 건 아니잖아요. 그런데… 많이 힘들어요. 세상에서 가장 혹독한 전쟁이 나와의 직면 같아요. 아프지만 현실을 인정해야 하니까요."

남자는 자신의 낡은 스니커즈로 시선을 떨궜다. 260쯤으로 보이는 작은 발이 안쓰러웠다. 유지는 무슨 말이라도 해줘야 할 것 같았다.

"고호상 씨…. 빈센트 반 고흐도 아를에서 요양하면서 그림을 계속 그릴지 그만둘지 고민했다고 들었어요. 고흐가 이 병원에서 절망하며 누워 있을 때, 장차 세기의 명화를 남기게 될지 어떻게 알았겠어요?"

고흐의 흔한 일화였다. 사실은 신혼여행 왔을 때 남편이 유지에게 들려준 일화를 그대로 읊은 것뿐이었다. 정신분열증을 앓는 무명 화가가 명작들을 그려낸 것처럼 그땐 유지도 정신을 흔들어놓은 사랑이 자신의 인생에 명작으로 남을 거라 확신했다.

"고흐에게 일어난 기적이 제게도 일어날 가능성이 얼마나 될까요?"

반농담으로 묻는 남자의 입술 가장자리가 미세하게 떨리

는 걸 유지는 놓치지 않았다. 환자들은 자기 생을 사랑하는 깊이만큼 떨었다. 절망에서 애써 희망을 찾으려는 모순처럼 보였다.

"현실은 바뀔 수도 있어요. 영화를 사랑하는 고호상 씨가 지금 여기 이렇게 앉아 있잖아요. 가장 큰 조건을 갖춘 셈이죠. 영화에 대한 사랑이 변하지 않았다면 아직 가능성이 남아 있어요. 변하지 않는 사랑만 있으면 돼요. 사랑이 변하면… 대단한 것 같은 현실도 다 무너져버리거든요."

남편의 사랑이 변한 뒤 유지는 습관성 과호흡 증상과 불면증에 시달렸다. 남들의 부러움을 사는 스펙과 경제력, 환자가 무난히 찾아드는 병원, 교수와 의사의 조합으로 이루어진 가정. 썩어서 냄새나는 화려한 현실이 역겨웠다.

"사랑이 변하지 않으면 가능성이 있다고요? 아무것도 없는 제겐 그 말이 모순처럼 느껴지네요."

유지는 아직 가능성을 염두에 두고 고민하는 남자가 부러웠다. 깨지지 않았으니 아직 확률이 남아 있었다. 회복 가능성이 멸절되었다는 자기 연민이 밀려오자 습관처럼 호흡이 가빠졌다. 그에게 들키기 전에 아무렇지 않은 척 허리를 꼿꼿이 세우고 자리에서 벌떡 일어났다.

"이번에도 먼저 실례하겠습니다."

3

론 강은 천 년의 묵은 시간을 싣고 완만하게 흘렀다. 유지는 호흡을 조절하며 정적 속에 묻힌 회색 강둑을 천천히 걸었다. 반사된 햇빛은 수면 위에서 몸을 뒤채며 저 혼자 황홀하게 반짝였다.

밤이 아닌 게 아쉬웠다. 밤이었다면 〈론 강의 별이 빛나는 밤〉을 그리는 고흐를 만날 수도 있을 것 같았다. 짙은 잉크색으로 덮인 밤과 강 위에 어른대는 별의 노란 그림자를 볼 수 있을지도 모를 일이었다. 별빛에 의지해 그림을 그리던 고흐가 이따금 예민한 미간을 좁혀가며 강물 위에 어른대는 별빛을 바라볼 터였다.

'가장 어두운 밤도 언젠가는 끝나고 해가 떠오를 것이다.'

동생 테오에게 보낸 편지에 고흐가 쓴 글귀를 떠올리며 유지는 피식 웃었다. 밤에 속한 남자가 밤이 끝나기를 기다리다니, 지독한 모순이었다. 만약 밤의 강둑에 웅크린 빈센트 반 고흐를 만나게 된다면 유지는 그에게 묻고 싶었다.

—나의 밤도 언젠가 끝날 수 있을까요?

유지는 밤이 두려웠다. 남편에게 어린 연인이 있다는 사실을 알게된 후 악몽을 자주 꿨다. 얼굴이 보이지 않는 남자에게 쫓기는 꿈은 늘 같은 형태로 재생됐다. 가끔 남자의 얼굴이 남편의 얼굴로 변형될 때도 있었다. 수면유도제를 두 알이나 복용해도 잠이 안 오던 밤, 아무것도 할 수 없어서 아파트 앞 어두운 산책로를 걸었다. 문득 공간적 배경이 꿈속 장면과 흡사한 듯한 기시감에 숨이 멎을 것 같았다. 덜덜 떨면서 집으로 들어와 현관문을 닫고는 그 자리에 주저앉았다. 아를에 온 후에도 반드시 해가 지기 전에 호텔로 돌아가 출입문 잠금 상태를 세 번 네 번 확인했다.

상상 속 고흐의 얼굴 위로 자기 얘길 쏟아놓던 고호상의 쓸쓸한 얼굴이 겹쳐졌다. 고흐에서 고호상으로 자연스레 연결되는 게 아이러니했다. 말이란 참 이상했다. 전혀 관련 없는 대상도 한번 말로 연결되고 나면 연상으로 묶여버렸다. 남편의 지겹다는 말 한마디에 세상에서 가장 초라한 여자로 묶여버린 것처럼.

유지는 쓸데없는 연상을 떨쳐내듯 고개를 가로저었다. 부드러운 강바람에 감았던 눈을 살며시 떴다. 멀리 강둑에 앉은 쓸쓸한 한 남자의 실루엣이 보였다. 고호상이 먼 소실점에 시선을 두고 정물처럼 앉아 있었다. 유지는 먼 거리에서 자신을 보듯 남자를 바라보았다. 도시 여기저기에 남아 있는 고대 유적들처럼 남자도 낡은 모습 그대로 그 자리에 박제된 것만 같다.

그냥 지나쳐버리려다 망설임 끝에 곁으로 가서 앉으며 유지는 실없는 말을 꺼냈다.

"강이 참 아름답죠?"

"예, 스크린에 담고 싶을 만큼."

"영화감독은 강을 바라볼 때도 영화를 생각하는군요?"

"예. 어쩔 수 없이…."

남자는 고개도 돌리지 않은 채 쓸쓸하게 웃었다. 유지는 날씨에 어울리지 않는 남자의 체크무늬 모직 셔츠에 자꾸 눈이 갔다. 닳아서 보풀이 일어난 셔츠 깃 속 가느다란 목이 안쓰러웠다.

"지독하군요. 영화에 대한 사랑이…. 고흐도 론 강을 캔버스에 담은 걸 보면 그림에 대한 사랑이 지독했나 봐요."

말과는 달리 유지는 남편에 대한 자신의 지독한 집착을 떠올렸다. 전율이 등줄기를 타고 올랐다.

"어제 해주셨던 말…. 사랑만 변하지 않는다면 현실엔 가능성이 남아 있다는 말을 되새기고 있었어요. 과연 그럴 수 있을까 하고요. 혹시 그 말에 대해 증명해 보일 수 있나요? 단, 고흐 예는 빼고요. 고흐의 사후 성공 예는 이미 유효기간 지났습니다."

남자는 농담 속에 간절함을 실으며 유지를 쳐다봤다. 유지는 자신을 쏙 빼닮은 남자의 얼굴이 가여워 슬쩍 고개를 돌렸다.

"고흐 말고 다른 예라…. 뭐가 있을까요? 휴… 진짜 없네요."

"역시 없는 거죠? 나한테 희망은 고문인 거죠?"

남자의 얼굴에 희미한 체념이 스치자 유지는 하는 수 없이 무거운 입을 다시 열었다.

"하지만 역설적으로 증명해 보일 순 있어요. 〈사랑이 변하지 않는다면 가능성이 남아 있다〉는 말을 뒤집어 봐요. 〈사랑이 변하면 가능성이 없다〉는 역명제가 성립되겠죠? 역명제의 좋은 예가 나예요. 음, 그러니까… 이미 사랑이 식어버린 부부가 회복될 가능성이 있을까요?"

"그 말은…"

"사실은 나, 남편의 불륜 때문에 혼자 도망 온 거예요. 마흔이 다 돼가는 정신과 의사인데, 다른 사람의 상처는 치료하면서 내 상처 하나 어떻게 못 하니 답 안 나오는 모순이죠. 어때요, 고호상 씨, 이 정도면 좋은 예로 충분한가요?"

시선을 강에 고정한 채 가만히 듣고 있는 남자의 긴 속눈썹이 얼굴에 그늘을 만들었다. 거리를 두고 이름도 소개하지 않던 여자가 갑자기 쏟아놓은 자기 고백에도 놀라지 않았다.

"그랬군요. 어쩐지 슬퍼 보였어요."

"쉽게 판단하지는 말아요. 세상은 오류투성이니까."

"오류투성이라도 끝없이 판단하면서 살 수밖에 없는 게 인생 아닌가요?"

"반론이 그럴듯하네요."

"혹시 〈마담 프루스트의 비밀정원〉이란 영화 본 적 있어요?"

"아뇨, 영화감독 추천 리스트에 있는 명화인가요? 제목으로 봐선 진한 불륜 영화 같은데요?"

"하하하. 그렇게 느껴지세요?"

남자는 고개를 젖히고 소리까지 내며 처음으로 투명하게 웃었다.

"불륜 영화 아닙니다. '폴'이라는 남자의 이야기예요. 어릴 때 사고로 부모를 잃은 충격 때문에 말문을 닫아버린 사람이죠. 상실의 아픔 때문에 어릴 때 부모에게서 사랑받았던 기억을 왜곡해버려요. 난 사랑을 못 받은 불행한 사람이라고요."

"그러니까, 영화의 핵심이 뭐예요?"

"모든 상처는 나에게 일어난 과거의 사건을 어떻게 기억하느냐에 따라 다르게 만들어진다는 겁니다."

"고호상 씨는 내 상처가 단순한 기억의 왜곡이라고 생각해요?"

"한때 남편분과 서로 사랑했다면 그 시간은 이미 자기 몫을 다했다고 생각합니다. 한 편의 아름다운 영화가 되기에 충분하죠."

"궤변 같은데요."

"현재 상처를 과거 행복에 투사하지 않으면 참이 될 수도 있어요. 어쨌든, 그때는 행복했으니까요. 행복했던 과거를 아픈 현재와 분리해서 간직하는 거죠. 따뜻한 기억으로."

"현재가 엉망이 됐는데 어떻게 기억이 따뜻할 수 있어요?"

유지는 순간, 유부남을 사랑하다가 우울증에 빠진 스물다섯 살 여자 환자를 떠올렸다. 그녀는 사랑했던 시간과 버림받은 시간을 함께 담을 수 없다며 울었다. 옆에 앉은 영화감독이 그녀의 담당 의사라면 훨씬 더 깊은 위로를 줄 수 있겠다 싶었다. 얼굴이 화끈거렸다.

"충분히 따뜻할 수 있어요. 적어도 과거에는 행복했으니까요. 과거도 현재도 쭉 실패의 연속인 나로선 그저 부럽습니다. 행복했던 과거에 자신을 다시 세팅해보라고 얘기하고 싶네요."

"고호상 씨, 정신과 의사처럼 말하네요. 자격증도 없으면서."

"그래요? 하하. 영화판에서 실패만 했는데 이번 기회에 정신과 의사로 전업해볼까요?"

남자가 눈에 웃음을 담았다. 우울한 표정 안에 갇혀 있던 천진한 미소가 돋았다. 유지는 가만히 남자의 얼굴을 응시했다. 소년의 얼굴로 영화판에서 십 년이나 버텨온 그의 시간이 안쓰러웠다.

"과거의 행복이 다 긍정적 착각이었다면요?"

"물론 그럴 수도 있겠죠. 하지만 남편분이 사기꾼이 아닌 이상 분명 두 분 다 한때 행복했던 게 확실해요. 긍정적 착각과 진실은 종이 한 장 차이죠."

"처음부터 끝까지 논리적 근거가 없는 거 알죠?"

"논리로 설명되는 일은 거의 없으니까요."

"고호상 씨 말이 맞을지도 모르죠. 인간에게 일어나는 일을 인간의 논리로 인식할 수 없다는 모순만큼 지독한 모순이 있을까요?"

"가끔은 모순이 진실보다 더 참에 가깝다는 생각도 들어요. 절망에서 벗어나려는 인간의 몸부림 같아서요."

"여기 괜히 앉았나 봐요. 고호상 씨랑 대화하다 보니 막 헷갈려요. 말장난 같기도 하고요. 그런데 〈마담 프루스트의 비밀 정원〉 결말이 어떻게 돼요?"

"물론 해피엔딩이죠. 마담 프루스트가 베푸는 최면 치료 덕분에 폴은 과거의 기억으로 돌아가서 부모가 자신을 얼마나 사랑했는지 깨닫게 돼요. 슬픈 기억이 행복한 기억으로 바뀌니까 자연스럽게 살아갈 힘을 얻게 된 거죠."

현재가 아픈데, 가수면 안에서 남편과 사랑했던 과거로 돌아간다고 살아갈 힘이 생길 수는 없을 터였다. 아무리 생각해도 거짓 같았다. 환자 중에 직면이 안 돼서 치료가 길어진 경우가 얼마나 많았던가 떠올리며 유지는 반문했다.

"영화니까 그렇죠. 불가능한 모순이에요. 환자들에게 했던 조언이 나한텐 적용이 안 되거든요. 남편이 변심한 순간을 직면할 수가 없어요. 그것도 어려운데 남편과 사랑했던 시간에 집중하라고요? 그 시간을 마취제 삼아 현재를 견디라고요?"

"'영화니까 그렇지'라는 말은 하지 마세요. 그 말은 '고흐니까 가능했지'라는 말과 같으니까. 고흐의 정신분열증이 현실이면 고흐의 명작도 현실일 테죠. 더 변명하면 자가당착에 빠지는 거 알죠?"

유지도 남자의 시선을 따라 멀리 강 하류에서 가물거리는 소실점을 바라보았다. 은빛 윤슬이 현실과 가수면의 경계인 양 속절없이 반짝였다. 유지는 그 자리에서 꾸벅꾸벅 졸고 싶었다. 아픈 기억이 따뜻한 기억으로 바뀔 수만 있다면 아무것도 바라지 않을 것 같았다. 시퍼런 배신감도 어느 날엔가 소실점처럼 희미해지고 시뻘건 분노도 어느 시점엔가 윤슬처럼 가물거릴 때가 올 거라 믿고 싶었다.

P.S.

유지는 오늘도 정확히 오전 열한 시에 아를 시청 앞 광장에 도착했다. 호텔에서 카페라테 한 잔으로 몸을 깨운 후, 이곳저곳을 배회하다가 광장 분수대 벤치에 앉았다. 하루 중 가장 강렬하고 투명한 햇살이 광장에 쏟아졌다. 연청색 하늘에서 분사된 햇살이 성당 탑 위에서 눈부신 반사광으로 반짝였다. 유지는 생 트로핌 성당을 마주 보고 앉아 고개를 들고 햇살을 정면으로 쳐다보았다.

남자는 보이지 않았다. 고흐 카페에서도 고흐 병원에서도 론 강둑에서도 그를 볼 수 없었다. 아를을 떠난 게 분명했다.

떠나기 전, 우연히 고흐 카페에서 다시 만났을 때 남자가 말했다.

"이름은 여쭤보지 않을게요. 남편과 행복했던 시간을 상처로만 왜곡한 '폴'이라고 기억하겠습니다. '폴'을 도와준 '마담 프로스트'로도 기억할게요."

"정신분열증 환자의 명작만큼 모순된 정의네요."

유지가 남자의 앳된 얼굴을 정면으로 쳐다보며 웃자 남자도 따라 웃었다.

"지난번 강둑에서 선물로 주신 『영혼의 편지』, 읽어보니 고흐가 남긴 명언이 꽤 많더군요. 모순 명제 같은 한 문장이 이상하게 마음에 남았습니다. '나는 침체에 빠진 절망을 선택한 게 아니라 희망이 담긴 우울을 택한 것이다'. 희망이 담긴 우울이라니, 참 웃픈 말이죠? 한국으로 돌아가면 〈모순〉이라는 제목으로 독립영화를 제작해 볼 생각입니다."

알비노

선생님께

십 년 전, 청소년상담센터의 작은 격자 창문 너머로, 추위에 얼어붙은 조각하늘에 시선을 주며 상담받았던 소녀를 기억하시는지요. 선생님과 제대로 눈도 못 맞추던 열일곱 살의 여고생 말이에요. 만약 지금까지 그 상담센터에 계신 게 아니라면 선생님은 이 편지의 수신인이 못 될 수도 있어요. 물론 제가 이 편지를 다 쓰고 난 후 우체통에 넣는다는 보장도 없지만요.

며칠 전 혼곤한 저녁잠에서 깨어나 습관처럼 핸드폰을 열었다가 어떤 기사를 검색하게 됐는데 불현듯 선생님이 생각났어요. 먼지가 수북이 쌓인 시간의 지층을 뚫고 섬광처럼 떠오른 기억에 저도 당황했어요. 암실에서 단번에 또렷한 형체로 인화된 선생님의 얼굴은 뭐랄까, 이렇게 표현해도 될지 모르겠지만, 무망의 바다에서 건져 올린 물고기의 힘찬 파닥거림처럼 신선했어요. 그때 아주 잠깐 설레기까지 했어요. 설렘은 정말 오랜만에 찾아온 감정이어서 놓치고 싶지 않았답니다. 선생님께 편지를 쓰지 않으면 어렵게 찾아온 감정이 다시 무망의 바다로 달아나버릴 것 같았거든요.

선생님은 온몸이 하얀 사슴, 온몸이 하얀 고라니, 온몸이 하얀 원숭이, 온몸이 하얀 참새를 보신 적 있나요? 그때 핸드폰으로 검색하고 있던 인터넷 기사는 바로 백색증을 앓는 알비노에 관한 거였어요. 눈부시게 하얀 사슴 사진에 놀라 기사를 열었던 것 같아요. 유전자 돌연변이인 알비노는 멜라닌 색소 생성이 되지 않아 발현한다고 했어요. 다른 건 모두 정상인데 효소 하나가 제대로 기능하지 못해서 멜라닌이 만들어지지 않고 결국은 티 하나 없이 하얀 몸의 알비노가 된다는 거예요.

더 웃긴 건, 알비노를 만드는 유전자는 열성이래요. 열성이란 건 부모 양쪽 모두로부터 돌연변이 유전자를 물려받아야 알비노가 된다는 뜻이잖아요. 참 지독하게 운이 없는 경우죠. 부모 양쪽 염색체 중 하나에만 정상적인 유전자가 있어도 열성의 특성은 겉으로 드러나지 않으니까요. 제가 괜히 유식한 척했죠? 사실은 기사 내용을 그대로 옮겨 쓴 거예요. 정확히는 알 수 없지만, 학교 다닐 때 유전법칙을 배운 적이 있어서 얼추 이해는 돼요. 알비노가 근친 교배한 동물에서 태어나는 이유도 열성이기 때문이래요. 은밀하게 잠복해 있던 열성들이 기다렸다는 듯 몸을 떨며 강렬하게 만나는 거죠.

알비노는 온통 하얀색이어서 천적들로부터 몸을 숨기기 어려운 데다 사냥 중에도 먹잇감이 접근을 쉽게 알아채 굶기 일쑤고, 무리로부터 추방당하기도 쉽고, 짝짓기에도 불리하대요. 게다가 알비노는 눈동자까지도 붉은색을 띤대요. 홍채와 망막 상피에 멜라닌이 없어서 눈동자의 혈관이 그대로 드러나기 때문이래요. 선생님, 정말 끔찍하지 않아요? 신화 속 동물로 신성시되는 하얀 사슴이 실은 멜라닌 색소 하나 없는 열성 덩어리 개체라고 하니, 진한 연민이 느껴졌어요.

십 년 전 단 한 번 선생님께 상담을 받으면서, 외모 콤플렉스가 있다고, 가무잡잡한 피부 때문에 고민이라고, 아마 울면서 말했을 거예요. 그때 선생님은 별게 다 고민이라는 듯 아주 잠깐 희미하게 웃다가, 상담자의 자세가 이러면 안 된다는 자각 때문이었는지 곧 표정을 진지하게 바꾸셨어요. 그런데 내게는 선생님이 바꾼 표정조차, 남들이 부러워할 매끄럽고 건강한 피부를 고민으로 꺼내놓는 한심한 여고생을 바라보는 표현임을 바로 알아차렸어요. 왜 아니겠어요. 누군들 그렇게 생각하지 않겠어요.

그때 선생님은 차분하고 다정하게 말씀하셨어요. 사람의

피부색은 멜라닌의 양에 따라 다르게 나타나는 거란다. 네 고민이 하찮다고 생각하지는 않아. 내 감기가 남의 죽음보다 더 고통인 법이니까, 희주에겐 정말 중요한 문제겠지. 그런데 말이야, 언젠가 내가 상담해준 학생 중에 백색증을 앓는 친구가 있었어. 생각해보니 희주랑 나이가 같구나. 그 친구는 피부는 물론이고 속눈썹까지 쌀가루를 뿌려놓은 것처럼 하얬단다. 이목구비가 정말 예뻤는데 안타까웠어. 상담 자리에서도 그 애는 고개를 잘 들지 못하더구나. 어쩌다 시선이 마주칠 때면 눈동자가 흔들리는 게 보였거든. 너무 하얘서 쌀가루를 뒤집어쓴 것 같은 자기 모습을 보여주는 게 고통이었나 봐. 이 세상 누군가는 멜라닌 색소가 하나도 없어서 숨어 살고 있단다. 네 피부는 멜라닌이 조금 많을 뿐이야. 오히려 사람들이 간절히 원하는 건강한 피부인 거지. 선생님은 네 가무잡잡한 피부가 오히려 부럽구나. 그래도 불만이라면 나중에 화장으로 커버해보렴. 정말 예쁠 것 같다… 라고 격려하셨지요.

그때 저는 선생님 조언을 들으며 내 고민 따위는 싹 잊어버렸어요. 백색증을 앓는다는, 속눈썹이 쌀가루를 뿌려놓은 듯 하얗다는 그 친구를 걱정하고 있었어요. 비닐처럼 투명한 피부 아래로 붉은 핏줄과 푸른 힘줄이 그대로 보일 텐데, 화가 났을 때 한껏 팽창한 혈관이나 냉담해졌을 때 파랗게 굳어버린 근육을 다 들켜버릴 텐데, 그 애는 어쩌지? 센터의 작은 창틀에 갇힌 조각하늘을 바라보면서 문득 그 친구의 얼굴 아래에도, 푸른 혈관을 타고 슬픔의 강이 흐르고 있을 거란 엉뚱한 상상에 붙들렸어요. 그날 그 순간, 선생님을 앞에 두고 흘깃 바라본 파란색의 조각하늘이 손에 잡힐 듯 아직도 선명해요. 너무 짙고 파래서 더 추워 보였던 겨울 하늘과 위태롭게 반짝이던 겨울 해의 흰빛 광채도, 조각하늘이 안으로 삼켜버린 슬픈 눈물도, 푸른 혈관 깊숙이 감춰버린 이야기까지도.

알비노 기사를 읽다가, 백색증을 앓는 그 친구는 지금껏 잘 살고 있을지 궁금해졌어요. 천적이 득실대는 야생의 세계에서 몸은 잘 숨기고 있는지, 굶지 않을 만큼 먹이는 확보하고 있는지, 무리로부터 추방당하지는 않았는지, 무사히 맘에 드는 남자를 만나 짝을 이루었는지, 그 친구의 행적을 알고 싶었어요. 나처럼 스물일곱이 됐을 그 애를 만나고픈 열망이 생겼어요. 이제 열망 따윈 내 인생에 다시 없을 줄 알았는데 말이에요.

단지 멜라닌 색소가 부족했을 뿐인데, 단지 효소 하나가 기능하지 못했을 뿐인데 한 인생이, 한 역사가, 한 세계가, 한 우주가 흔들려야만 하다니요. 차라리 그 친구가 엄마 뱃속에 태아로 잉태되었을 때 거품처럼 사라졌다면, 열성 인자가 짝을 이룰 일은 없었을 테고 열성은 잠복조차 못 하고 영원히 파묻혔겠죠. 그랬다면 한 인생이, 한 역사가, 한 세계가, 한 우주가 흔들리는 재난은 없지 않았을까 상상해봤어요. 내 상상이 정당하다면, 내일 오전에 감행하려는 행동은 그다지 큰 죄가 안 될 것도 같아 조금은 위안이 돼요.

선생님도 잠깐 상담했던 그 친구의 안부를 알 리 없겠지만 어쨌든 얼굴도 모르는 그 친구와 내가 닿을 수 있는 인연의 고리는 선생님밖에 없네요. 모르는 행인을 붙들고 나와 인연이 닿는 사람인지 추적해보면 나와 행인 사이에는 평균 세 명이 존재한다고 들었어요. 사회적 네트워크로 단단히 묶인 우리나라 정보통신망을 자랑하는 기사였는데, 문득 사람들이 이렇게 가까이 있었구나 싶어 섬뜩하면서도 한편으론 위안이 됐어요.

가장 가까이에서 나를 둘러싸고 있는 첫 번째 동심원 사람들, 그리고 비교적 가까운 두 번째 동심원 사람들, 그리고 결코 가깝다고 할 수 없는 세 번째 동심원 사람들, 그리고 멀리 있는 네 번째 동심원 사람들…. 스쳐 지나가는 이름 모를 행인이 어쩌면 내게 가까운 사람일 수도 있다는 궤변을 믿고 싶었어요. 백색증을 앓는 그 친구도 과연 그 말을 믿고 살아갈까요? 사람들이 이렇게 가까이 있었구나, 라고 가끔 위안을 얻고 있을까요?

지금껏 살아오면서 아빠에게 감사했던 단 한 순간이 있다면 십 년 전 바로 그때, 선생님과 상담하면서 아빠로부터 멜라닌 색소를 받을 수 있어서 다행이라고 여겼던 그 순간밖에 없어요. 사실은 아빠를 쏙 빼닮아 가무잡잡한 내 얼굴을 엄마가 싫어했거든요. 마치 아빠 혼자서 날 낳기라도 한 것처럼 말이에요. 보험 고객을 만나러 나가기 위해 하얀 얼굴에 더 하얀 분을 바르면서 엄마는 그렇게 말했어요. 제 아비 닮아 밝은 기라곤 없는 음침한 상판하고는! 저러니 친구 하나 없지!

다량의 멜라닌 색소를 물려준 아빠는 이 년 전에야 겨우 죽었어요. 십오 년간 술만 마신 사람이니 까맣게 타들어 숯이 돼야 마땅할 텐데 이상하게 시신의 얼굴은 핏기 하나 없이 하얬어요. 마치 평생 술은 입에도 대지 않고 천적을 피해 살아온 알비노 같았죠. 모두 죽은 아빠 얼굴에 심한 배신감을 느꼈어요. 저 숯이 된 상판 봐라, 평생 술에 절어 살더니 쯧쯧쯧, 이라고 비난해야 마땅한데 얼굴이 쌀가루를 뿌려놓은 듯 하얬으니까요. 아빠가 술을 마시고 있을 때면 늘 상상하곤 했거든요. 아빠가 죽는 순간의 얼굴을요. 하루라도 술을 마시지 않고는 숨 쉴 수 없는 남자를 선생님은 상상해보셨나요? 물론 알코올 중독자나 그 아들딸을 수없이 상담해보셨으니 잘 아실 테죠. 가족이 아닌 상담자의 이론으로 말이에요.

아빠 장례식에선 아무도 슬퍼하지 않았어요. 술병으로 죽은 중년의 알비노를 위해 아무도 울지 않았어요. 그렇다면, 내일 아침이면 어미의 뜻에 따라 강제로 사라져야 할 내 뱃속 생명, 외할아버지의 열성유전자를 그대로 물려받은 태아를 위해선 누가 울어줄까요? 선생님, 어쩌면 이 편지는 단 한 사람에게 미리 보내는 한 생명의 부고장인지도 모르겠어요.

아빠의 부재를 가장 기뻐해야 할 엄마는 오히려 허탈해했어요. 지독한 알코올 중독자라도 남편이 떠난 빈자리는 있다거나 홀로 된 여자로서의 회한은 어쩔 수 없다거나 하는 상투적인 이유 때문은 아닌 게 확실했어요. 간절하게 기다리던 소망이 성취되었을 때 느끼는 몽롱하고 아찔한 어지러움을 난 엄마에게서 간파했으니까요. 오직 한 가지 열망만 독하게 품고 삶을 지탱해왔는데, 갑자기 이루어진 뒤의 허무함이라 하면 얼추 맞을 거예요. 엄마가 회사에서 꿈에 그리던 보험 여왕이 됐을 때도 비슷한 표정이었거든요. 고객을 붙들기 위해 엄마의 하얀 분칠은 점점 더 진해졌고, 과도한 아부와 애교를 떨 때는 생의 확고한 의지가 얼굴에 배어 있었어요. 마치 대입을 준비하는 고3 학생처럼 전투적이었죠. 그래서 아빠가 죽은 뒤의 차별화된 표정을 쉽게 간파했는지도 모르겠어요.

원양어선을 타는 남동생은 아빠 장례식에 참석하지 못했어요. 정확히 말하면 참석하지 않았어요. 사실 아빠가 위독

해졌을 때도 휴가 기간이었지만 서둘러 배를 타고 다시 먼 바다로 나가버렸으니까요. 아빠가 돌아가셨어, 라고 전해주었지만, 전화기 너머 동생은 아무 말도 하지 않았어요. 하지만 알 수 없지요. 베링 해협에서 조업 중인 거대한 배 위에서 서쪽 하늘이 석양으로 물들 때면 아주 잠깐이라도 아빠를 생각했을지….

아빠가 처음부터 엄마를 때린 건 아니었어요. 남자구실도 못 하면서, 라는 말을 엄마 입으로 뱉은 순간 구타는 시작됐어요. 내가 초등학교 4학년 때였으니까 잘못 본 건 아니에요. 엄마는 딱 한 번 그 말을 했을 뿐인데 술만 마시면 아빠 귀에 녹음파일처럼 재생됐나 봐요. 취중에 엄마 얼굴만 보면 분노했죠. 아파트 건설 현장에서 타르를 지고 나르던 아빠가 삼층 난간에서 떨어지면서 허리를 다쳤는데, 디스크가 파열돼 다시는 일할 수 없게 됐어요. 아빠는 기다렸다는 듯 급속하게 무기력해졌죠. 침묵의 동굴로 들어가 버렸고 엄마가 보험왕이 된 날 술을 마시기 시작했어요.

그래도 아주 가끔은 기적처럼 얼굴에 잠깐 생기가 돌 때도 있었어요. 거실 천장에 붙은 형광등 전구가 나가버린 날이었는데 아빠 말고는 아무도 전구를 씌운 유리 곽을 떼낼 수 없었죠. 의자를 갖다 놓고 올라선 아빠는 유리 곽을 떼내느라 얼굴이 빨개졌고, 몇 번을 더 오르내리며 세 개의 전구를 갈아 끼우는 동안 이마에 살짝 땀이 배기도 했어요. 그날 아빠는 오랜만에 살아 있는 것 같았죠. 동굴에서 나와 햇볕을 쬐는 사람처럼 말이에요.

다음 날, 술에 취해 거실에 잠든 아빠를 보면서 나는 바보처럼 똑같은 행동을 반복했어요. 거실 형광등을 켰다가 끄고, 켰다가 끄고, 또 켰다가 끄고…. 그래야 아빠가 할 일이 생길 테니까요. 엄마가 현관 키를 누르는 소리를 듣고서야 점등과 점멸의 무한반복을 멈췄어요.

엄마의 귀가는 점점 늦어졌어요. 술 취한 남편과 맞닥뜨리지 않기 위해선 잠든 후에 들어와야 했겠죠. 엄마는 아빠의 손찌검에 거세게 저항하다가 반복성에 분노했고, 시간이 흐르면서 낙담하다가, 점점 집요해지는 태도에 치를 떨며 아빠가 죽기만을 소원했어요. 저 인간 죽는 날이 곧 내 생일이다, 그 말을 입에 달고 다녔어요. 내용은 끔찍한데 말투가 너무 가벼워서 얼핏 들으면 농담 같았죠.

그리곤 늘 고객, 이라고 부르는 남자들과 함께 떠돌았어요. 참치를 듬뿍 넣은 김치찌개 한 솥 끓여놓고는 삼사일은 살림을 돌아보지 않았어요. 김치찌개가 바닥나야만 엄마가 돌아올 것 같아 꾸역꾸역 입으로 밀어 넣던 기억이 나요. 엄마는 마치 말기 암을 선고받은 사람 같았어요. 생이 자신을 속인다는 배신감에 저항하다가, 분노하면서 낙담에 빠져들었고, 결국 생에 집착하며 하루하루를 몸부림치는 것처럼 보였으니까요. 하긴 아빠랑 부부로 산다는 게 말기 암에 걸린 것보다 더 절망적이었겠죠.

알비노의 눈동자가 붉은색인 건 홍채와 망막 상피에 멜라닌 색소가 없어 혈관 색깔이 그대로 드러나기 때문이래요. 참! 이건 앞에서도 쓴 내용이죠? 두려운 일을 눈앞에 둔 사람의 급성 건망증이라 해둘게요. 선생님은 이해해 주실 테죠. 내 감기가 남의 죽음보다 고통스럽다는 사실을 아는 분이니까요. 인터넷 기사의 두 번째 사진에는 눈부시게 하얀 털로 덮인 원숭이가 타는 듯 빨간 눈을 동그랗게 뜬 채, 포식자가 나타날까 봐 두려워하고 있었어요. 생애 한순간도 긴장을 놓은 적 없는 알비노 원숭이라니, 숨이 막혔어요. 지독한 형벌이죠.

빨간 눈으로 주변을 경계하며 잔뜩 웅크린 백색 원숭이를 보는 순간, 아빠가 평생 빨간 눈으로 살았던 걸 기억해냈어요. 술에 절었을 때의 폭력성과 술에서 깨어났을 때의 죄책감, 극명하게 대조되는 아빠의 두 가지 모습을 바라보는 감정의 딜레마. 나는 거기서 앞으로 나아가지도 뒤로 후퇴하지도 못한 채 그 자리에 못 박힌 듯 서 있었어요. 당장 죽여버리고 싶은데 뜨거운 연민이 출렁이는 심장…. 술 때문에 항상 눈이 빨갛게 충혈돼 있던 아빠는 순종 알비노였을까요?

며칠 전부터 내 눈도 빨개요. 각막의 혈관이 터졌는지 흰자위가 단풍처럼 붉게 물들었어요. 안과 의사는 무심하게 '결막하출혈'이라고, 심한 스트레스를 받은 일이 있냐고 물었어요. 스트레스요? 아무리 생각해도 딱히 대답할 말이 없었어요. 한 생명을 사라지게 하려는 음모도 스트레스 범주에 넣을 수 있는 사항인지 오히려 되묻고 싶었어요. 의사는 내게 최대한 스트레스 받지 말고 안정을 취하라며 앵무새처럼 조언했어요.

그런데 그 순간 문득 기발한 상상이 마음을 사로잡았어요. 지워버린 뱃속 생명을 위해 울고 또 울다가 눈이 빨개진 엄마라면 그럴듯한 설정 아닐까요? 알비노 어미가 뱃속에 든 순종 알비노 새끼를 미리 지워버리는 일 말이에요. 한 생애가, 한 세계가, 한 우주가 흔들리는 걸 미리 막아내는 거니까 덜 죄스럽지 않을까 싶었어요. 빨간 눈으로 주변을 경계하며 잔뜩 웅크린 채 살아야 할 운명이라면 미리 사라지게 하는 것도 어미로서 딱히 나쁜 짓만은 아닐 거라며 고개를 끄덕였어요. 태어나 봐야 결국 알비노인걸요.

내일 산부인과에 예약해놓은 일을 생각하면 심장이 쿵쿵 뛰지만, 당연히 해야 할 일이라고 믿고 싶어요. 그래야 숨을 쉴 수 있을 것 같아요. '결막하출혈' 증세가 다 낫기 전에, 지워버린 뱃속 생명 때문에 울고 또 울다가 눈이 빨개진 엄마라고 착각할 수 있을 때, 얼른 산부인과로 가야겠어요.

엄마의 절망은 남동생이 사고를 당한 날 절정에 달했어요. 아빠가 술기운을 빌려 격분해 있을 때마다 나는 고개를 푹 꺾고 당신의 휘하에 복종을 맹세한다는 비굴한 자세를 취했죠. 그래서 폭력에서 상당 부분 빗겨났어요. 일찍 사춘기가 찾아온 남동생은 고개를 빳빳이 들고 당신에게는 죽어도 복종하지 않겠다는 자세를 취해 오롯이 폭력을 당해야만 했어요. 남동생은 고등학교에 입학해 첫 학기도 못 채우고 가출을 반복했어요. 일진들과 빈집에 모여 술 마시고 줄담배 피우다가 자정이 넘으면 간선도로 위에서 오토바이를 달리며 광란의 밤을 보내곤 했어요.

그날도 친구들과 어울려 오토바이를 질주하다 마주 오는 트럭에 치였는데, 목격자 증언에 따르면 트럭에서 튕겨 나온 동생이 뻥튀기 기계에서 튀어나온 튀밥 같았대요. 갈비뼈가 거의 다 부러진 남동생은 중환자실에서 여섯 달을 꼼짝하지 않고 누워있었어요. 생명 줄을 붙잡고 세상으로 다시 걸어 나간 건 기적이었죠. 동생은 바람처럼 거리를 떠돌다 먼 세상으로 나가 집으로 돌아오지 않고 있어요.

엄마도 그즈음 함께 집을 나갔어요. 동생이 사경을 헤매는 동안 아빠는 하루도 빠짐없이 소주잔을 핥고 있었으니까요. 처음부터 당신에게 가족 따위는 없다는 듯이 말이에요. 엄마는 보험 여왕 자리를 빼앗기면서까지 남동생 곁을 지켰는데, 아빠는 오히려 더 자유로워 보였거든요. 상황을 즐기는 것 같았죠. 히죽히죽 웃으며 술잔을 탐닉했으니까요. 술은 아빠가 마셨는데 우리 혈관까지 잠식됐어요. 모두 절망에 취해 비틀거렸어요. 바로 서려고 해도 취한 사람처럼 어지러웠죠. 엄마는 소도 언덕이 있어야 비벼댈 수 있다고 늘 푸념처럼 말하곤 했는데, 그렇게 가출한 건 기댈 구석 하나 없는 남편 때문이었나 봐요.

그런데 곰곰이 생각해보면 동생이나 엄마의 가출은 아무래도 반어법적 행동 같아요. 알코올 중독 뒤에 존재할지도 모르는 아빠의 사랑을 전제로 했던 것 같아요. 난 엄마나 남동생이 지독하게 부러웠어요. 두 사람에겐 세상을 부유할 충분한 명분이 있었으니까요. 엄마와 남동생이 떠난 집에 아빠마저 죽은 후 나만 남게 되었죠.

사실은 나도 멀리, 아주 멀리, 새벽 날개를 치며 사람들이 모르는 곳으로 떠나려 했어요. 신조차 나를 찾아낼 수 없는 곳으로요. 불행과 불행이 근친교배 되지 않는 평안의 땅으로. 하지만 한 여자의 자궁 안에서 술과 바람기의 교배로 만나 태어난 나는 하얀 몸을 숨길 수 없었어요. 빨간 눈을 감추는 것도 불가능했죠. 천적인 불행이 단번에 알아보고 집요하게 따라다녔으니까요. 한순간도 긴장을 늦출 수 없었어요.

며칠 전엔 아빠가 그랬던 것처럼 나도 히죽히죽 웃으며 소주를 마셔볼까 생각했어요. 아빠가 했던 방어책의 효능을 시험해보고 싶었거든요. 장차 백 퍼센트 순종 알비노가 될 뱃속 생명을 지우고 돌아와 아빠처럼 소주를 마신다면, 내장에서 올라온 진한 슬픔이 목을 타고 파도처럼 넘실대며 넘어오겠지요. 차라리 독한 파도에 목이 터지고 눈이 터져버리면 좋겠단 절망이 마음을 채웠어요.

십 년 전, 우연히 버스 정류장 부스에 붙은 연락처를 보고 무작정 전화를 걸었고 안내해주는 대로 청소년 상담센터를 찾아갔지요. 상담실로 들어가서도 선생님께 바쁘다고 둘러대며 삼십여 분 짧은 상담을 받았던 거 혹 기억나세요? 그 삼십여 분 동안 창틀에 갇힌 조각하늘에 시선을 둔 채, 지금 선생님께 말하자, 말하지 말자, 말하자, 말하지 말자, 속에서 전쟁이 일어난 것처럼 힘들었어요. 백색증 친구에 관해 듣고 상담이 끝날 무렵에야 제가 아는 누구 얘기하듯 선생님께 중증 알코올 중독은 어떻게 고칠 수 있는지 물었어요. 선생님은 한참 내 눈을 들여다보다가 전문병원에 입원해서 치료와 상담을 병행해야 한다고 답해주셨어요. 모른 체해주셨을 뿐, 아마 그때 선생님은 내가 털어놓고 싶었던 진짜 고민이 뭔지 눈치채셨을 거라 확신해요.

일요일 아침 잠깐 술에서 깬 아빠에게 조심스레 입원 치료를 권했어요. 부끄러움에 타들어가는 아빠의 빨간 눈을 본 이후 더는 말을 꺼내지 못했지만요.

딱히 남자가 필요했던 건 아니에요. 난 그저 내 말을 들어줄 친구가 필요했을 뿐이에요. 여러 명의 남자친구를 만나봤지만, 그들은 모두 내 말에는 관심이 없었거든요. 처음엔 듣는 시늉을 하다가 결국은 자신의 욕구 때문인 걸 금방 드러내곤 했어요. 이 사람만은 아닐 거야, 이 사람만은 다를 거야, 주문을 걸며 남자친구를 만나고 헤어지기를 반복했죠. 반복은 습관으로, 결국 타성으로 변하더군요. 어떨 땐 나도 말을 하고 싶은 게 아니라 그냥 즐기려는 건 아닐까 자문할 때도 있었어요. 공부도 안 하면서 습관적으로 오가던 학원에서 만난 친구, 보정된 프로필 사진을 보고 페이스북 파도타기로 말을 걸어온 친구, 일진의 똘마니였지만 영웅처럼 굴었던 친구 등등 학창 시절부터 줄곧 만나온 다양한 남자들. 그가 누구건 어떤 사람이건 난 금방 사랑에 빠졌어요.

한번은 인터넷 채팅으로 남자를 만난 적도 있어요. 남부지방 소도시에 사는 남학생이었는데 일면식도 없는 그와 사흘 만에 사랑에 빠졌고 그의 주소로 초콜릿과 사탕을 보내기도 했어요. 내가 말을 걸 수 있고 내게 말을 걸어오는 사람이 있다는 게 달콤했어요. 친구 하나 없는 음침한 상판이 아니라 예쁘다고 말해주는 누군가 있어서 좋았거든요. 위태

롭긴 했지만, 얼마간은 누군가에게 최고의 사람이 될 수 있었으니까요.

만났던 남자 중에 꽤 괜찮은 친구도 있었어요. 그 친구는 너무 평범해서 딱히 해줄 게 없었어요. 그래서 적응을 못 했던 것 같아요. 공부 열심히 하라고 격려해주고, 건강 챙기라고 염려해주고, 옷 따뜻하게 입으라고 다독여주던 그 애 이름은 현우예요. 현우랑 주말에 만나면 김밥과 떡볶이를 사 먹고 시내를 함께 걷곤 했는데 참 많이 웃었던 것 같아요.

현우는 그때 대학 신입생이었고 가정도 화목한 것 같았어요. 심지어 가족끼리 해외여행도 자주 한다고 했어요. 가족여행이라니, 그런 비현실적인 단어를 난 경험해본 적이 없거든요. 우주 밖에나 존재하는 외계어로 들렸어요. 도시 최고의 호텔 꼭대기 수영장에서 아빠와 새벽 수영을 했다거나, 국제적인 놀이동산에서 4D 열차를 타며 소리를 질렀다거나, 스테이크를 맛있게 먹는데 아빠가 포르투 와인 한 잔을 건넸다거나….

현우 가족의 싱가포르 여행담을 들으며 우리 가족이 함께 여행을 떠났다면 어땠을까 상상해봤어요. 아빠는 와인을 병째 들이켜서 눈이 빨개지고, 분을 바른 엄마는 홀로 4D 열차를 타며 분노를 해소하고, 남동생은 호텔 꼭대기 수영장에서 고래고래 소리 지를 테죠. 저급한 연상의 끝은 역시 낙담이었어요.

내가 현우에게 해줄 게 딱히 없었어요. 그 앤 완벽하게 행복해 보였으니까요. 내가 여기 있다고 증명할 틈이 없었어요. 뭐랄까, 현우를 눈앞에 두고도 소외감 같은 게 느껴졌거든요. 그래서 현우의 생일을 기다렸어요. 용돈을 모아서 산 스웨터랑 정성 담아 쓴 손편지, 사탕과 초콜릿, 따뜻한 귀마개, 선물을 잔뜩 준비하고는 시내에서 만나기로 했어요. 그런데 현우는 가족끼리 외식 약속이 있다며 다음 날 만나자고 해 날 속상하게 만들었어요.

현우의 가족이 궁금해졌어요. 야구 모자를 눌러쓰고 현우의 아파트 입구에 숨어 가족이 나오길 기다렸어요. 경쟁자의 사생활을 염탐하는 스토커가 된 기분이 들더군요. 쿵쿵 뛰는 심장 소리가 귀까지 크게 들려왔어요. 아, 예상대로 현우 가족은 모두 정상인이었어요. 눈동자가 까만 아빠와 화장기 없는 엄마, 순한 인상의 여동생을 질투 어린 눈으로 바라봤어요. 현우와 여동생이 뭐라고 얘기하자 너털웃음을 웃어젖히는 아빠, 미소로 반달눈이 되는 엄마. 그 행복한 얼굴이라니…. 역시 그들은 알비노가 아니었어요. 다음 날 현우에게 바로 이별을 통보했어요.

필규와 교제한 건 내가 해줄 게 있었기 때문일까요? 24시 편의점에서 아르바이트할 때 처음 그 애를 만났어요. 손님으로 온 필규는 유독 하얀 얼굴이 추워 보였고 한눈에도 겨울 잠바가 부실해 보였어요. 충혈된 눈이 슬퍼 보였고 잔뜩 웅크린 등은 굽어 있었죠. 모두 얼마죠? 컵라면과 냉동만두를 계산대에 올려놓으며 필규가 피곤한 듯 물었을 때 호감이 생겼어요. 필규는 컵라면에 뜨거운 물을 붓고는 비닐을 벗겨 냉동만두 두 개를 넣으려 했어요. 잠깐만요, 그렇게 먹으면 안 돼요. 배탈 나요. 따뜻하게 데워줄게요. 냉동만두를 전자레인지에 데워 집에서 가져온 접시에 예쁘게 담아 줬어요. 그 애의 어색해하는 눈빛을 보며 내심 뿌듯했어요. 이따금 눈을 흘깃거리며 허겁지겁 컵라면과 만두를 먹어 치우는 필규에게 커피까지 타서 챙겨줬어요. 충혈된 눈에 고마움이 담긴 걸 보는데 행복했어요.

다음 날 편의점으로 온 필규는 부끄러운 듯 몇 시에 일이 끝나는지 물었어요. 밤 열두 시, 포장마차에 함께 앉아 우동 한 그릇 먹고 나자 결심한 듯 말했어요. 우리, 사귈래요? 나보다 한 살 연하에 부모님 없이 할머니 손에 자랐고 얼마 전에 할머니마저 돌아가셨다는 이력을 알게 됐을 때는 묘한 설렘까지 느꼈어요. 필규도 나처럼 혼자 남은 거였어요. 시골집을 정리한 돈으로 원룸을 얻어 살고 있던 필규는 닥치는 대로 아르바이트를 하다가 어깨를 다쳐 쉬고 있다고 했어요. 그 애가 더 좋아졌어요.

같이 술을 먹고 필규의 원룸으로 가서 밤을 보낸 건 불과 며칠 뒤였어요. 뜨거운 정사가 아니라 필사적인 정사였어요. 몸을 떠는 필우를 받아들이며 이 애가 떠는 건 육체의 쾌감 때문이 아니라 외로움 때문일 거라 믿은 건 왜일까요? 힘을 다해 필우를 안았어요. 서로의 몸을 필사적으로 탐닉했어요. 그날 밤 우리는 더는 외롭지 말자고 처절하게 몸으로 약속했던 것 같아요.

십 년 전 그날, 선생님과 상담하면서 끝까지 말하지 못한 게 있어요. 전 단지 가무잡잡한 피부가 싫었던 게 아니라 아빠와 닮은 피부가 싫었던 거예요. 아빠를 닮은 게 싫다는 고민은, 이름도 얼굴도 모르는 그 백색증 친구의 고민에 비하면 너무 유치해 보였거든요. 그래요, 선생님. 때로는 큰 아픔이 아주 작아 보일 때가 있어요. 그럴 땐 큰 아픔이라고 여기는 나 자신이 비겁해 보이거나 한심하게 여겨지지요. 힘들게 아르바이트한 돈으로 필규를 먹이고 입히고 따뜻하게 재워주면서도 내 수고는 아주 작아 보였어요. 그 애를 돕는다고 생각하면 내 아픔까지도 축소되는 것 같았거든요.

언젠가부터 아무것도 아닌 일에 툭툭 분노를 표출하다가 가끔 폭력도 쓰기 시작한 필규를 떠나지 못한 건 그 애 옆에 있으면 내 아픔이 작아 보였기 때문인지도 모르겠어요.

인터넷 기사에는 아프리카에서 가해지는 인간 알비노에 대한 폭력 현장도 실려 있었어요. 인간 알비노는 종족과 상관없이 태어나지만, 아프리카 사하라 사막 남쪽 지역에서 가장 높은 빈도로 나타나는데 살해되는 사례도 적지 않대요. 인간 알비노의 팔과 다리, 생식기 등을 제물로 바치면 운이 잘 풀린다고 믿는 사람들이 있고, 알비노의 신체를 먹으면 에이즈가 낫는다는 끔찍한 미신도 있대요. 알비노를 납치하거나 살해하고 신체를 잘라 매매하는 일이 잦아지면서 아예 보호소로 들어가 경찰의 경호를 받기도 한대요. 열성유전자로 온갖 고통을 겪는 알비노가 생명의 위협까지 받는다는 사실이 가혹하게 느껴졌어요. 팔과 다리가 잘리고, 생식기가 잘리는 끔찍한 세상이 무서웠어요.

내일 아침 예약해둔 수술 때문인지, 아니면 '결막하출혈' 증상 때문인지, 자꾸 눈앞에 환영을 보는 것 같아요. 온통 의족과 의수와 의안으로 만들어진 몸이 어른거리고, 속눈썹에 밀가루를 뿌려놓은 것 같은 하얀 얼굴이 둥둥 떠다녀요. 한 달 전, 퇴근해서 필규의 원룸으로 갔는데 방을 빼고 사라져버렸어요. 그 며칠 전 그 애에게 임신 사실을 털어놓았거든요.

선생님, 선생님은 혹 알비노에 대해 알고 계셨나요? 언젠가 선생님을 우연히라도 다시 한번 만날 수 있다면 꼭 얘기하고 싶어요. 열성 덩어리 알비노에 대해… 고통받는 알비노에 대해… 죽어가는 알비노에 대해… 그냥 속눈썹에 쌀가루를 뿌려놓은 백색증이 아니라 팔과 다리와 생식기가 잘리고, 살해당하고, 제물로 바쳐지는 그런 백색증에 대해… 다음 세대에 반드시 유전되고야 마는 질기고 독한 열성에 대해….
가무잡잡한 피부가 걱정이란 거짓말 따윈 버리고 진짜 고민을 이젠 선생님께 털어놓을 수도 있을 것 같아요.

선생님이 말한 백색증을 앓는다는 그 친구. 얼굴 한 번 보지 못한 그 친구를 십 년 만에 기억해냈듯, 사람들도 아주 가끔은, 십 년에 한 번쯤은, 문득 인간 알비노인 내가 존재한다는 걸 기억해줄까요? 생각해보면 십 년 만에 한 번쯤 나를 기억해주는 사람들이 네 번째 동심원에 있다 해도 무슨 의미가 있을까 싶지만, 때로는 기억 저편에 묻혀 있던 선생님도 내 편지의 수신인이 될 수 있다는 게 조금은 위로가 돼요. 선생님을 만난다면 이렇게 말씀해주시겠죠? 온몸이 하얀 사슴도, 온몸이 하얀 고라니도, 온몸이 하얀 원숭이도, 온몸이 하얀 참새까지도, 천적이 가득한 위험한 세상에서 그럼에도 불구하고 자기의 생을 살아간다고.

선생님, 선생님이 기억나서 다행이에요. 십 년 전 센터 상담실을 나오는 내게 선생님이 마지막으로 말씀해주셨어요.
희주야, 정말로 네가 하고 싶은 말을 할 수 있을 때 언제든 다시 찾아오렴. 선생님이 기다리고 있을게. 이것 하나만 꼭 기억하렴. 사람은 생명을 부여받는 그 순간부터 이미 하나의 세계이고 우주란다. 백색증이건 알코올 중독이건 상관없이…. 선생님의 그 말이 알비노에게 얼마나 무서운 말인지, 그런가 하면 또 얼마나 위로가 되는 말인지 선생님은 아마 모르실 거예요.

언젠가 선생님을 다시 만나게 된다면 뭐라고 말씀해주실까요? 너무 두려운데, 그럼에도 불구하고 또 그 말이 지금 정말 정말 듣고 싶어요.

십 년 전 겨울, 선생님께 단 한 번 상담 받았던
김희주 드림

초롱아귀

이제 그의 편지를 열어봐도 될 것 같다. 지금 시각은 밤 아홉 시, 동장님이 오후에 지시한 서류 작업은 대충 마무리됐다. 냉커피를 타서 자리에 앉으니 이제야 한숨 돌릴 여유가 생긴다.

아침에 외근 나갔다가 오후 세 시쯤 행정복지센터로 돌아왔을 때 책상 위에 한 통의 편지가 배달돼 있었다. 항공우편 봉투에 수신인 주소를 또박또박 써넣은 손 글씨가 단정했다. 열두 군데 다중시설 방역상태를 점검하고 막 돌아온 뒤여서 그랬는지 이국땅에서 날아온 편지는 대낮에 받은 밤 편지처럼 뜨악했다. 재난관리 업무를 담당하고 있는 요즘, 거의 매일 외근이다. 지역사회 전염병 감염 예방뿐 아니라 쏟아지는 공문 수행과 민원 처리로 행정의 최전방은 오늘도 전쟁 중이다.

편지의 발신지는 필리핀 산토스. 처음 듣는 지명이다. 필리핀엔 한 번도 가보지 못했는데, 이런 미지의 도시에서 내게로 편지를 보낸 사람이 있다는 게 신기했다.

발신인은 한병우. 육 년 전, 일반행정직 9급 공무원 시험을 준비할 때 노량진에서 만난 동갑내기 취준생이다. 그를 마지막으로 만난 게 재작년 여름이니까 꽤 시간이 흘렀다. 그와 얽힌 시간은 이상하게 산화력이 강해서 분주한 일상 뒤로 쉬 흩어져버린다.

그는 매번 이런 식이다. 잊을 만하면 뜬금없이 전화해서 만나자고 하더니 이번엔 편지다. 그것도 지명조차 낯선, 머나먼 산토스에서.

시월이 코앞인데도 날씨는 여전히 쨍쨍해서 외근하는 동안 셔츠가 땀으로 젖어버렸다. 돌아와 자리에 앉는 순간, 편지를 읽기보다 갑갑한 마스크부터 벗고 싶었다. 애꿎은 손부채질만 하며 편지 겉봉을 뜯으려는데 때마침 동장님이 호출했다.

"내일 구청에서 점검 나온다고 연락 왔어. 새마을지도자협의회 방역 상황 ppt 자료 얼른 만들고, 다중시설 점검 현황도 한눈에 볼 수 있게 보고서 만들어 놔. 아침 일찍 들이닥칠지 모르니까 인쇄까지 완벽하게 해놓고 퇴근해."

연일 외근하느라 수고한다는 격려는 한마디도 없었다. 칼같이 업무만 주문하는 동장님의 카리스마 앞에서 예, 반듯한 어조로 대답하고 나왔다. 항상 느끼는 거지만 동장님의 일방적인 지시에는 묘한 설득력이 있다. 지시받는 자의 반감과는 상관없이 일어나는 일이다.

서른일곱 즈음이면 구청으로 옮겨 일하게 될 줄 알았다. 전공인 회계 능력을 살려 세무과에서 당당하게 일하는 그림을 그려왔는데, 여전히 행정복지센터에서 막노동하고 있단 생각에 짜증이 났다. 뒷마당으로 나가 아내가 제발 끊어버리라는 담배만 한 대 피우고 들어왔다.

ppt 자료 만들고 야근 세 시간 만에 보고서에 스테이플러까지 찍고 나니 이제야 한병우의 편지가 눈에 들어온다.

친애하는 김정환 귀하

수신인 문구가 촌스럽다. 누가 보면 육칠십 년대 서간문인 줄 알겠다. 곱상한 글씨체를 보고 있자니 두꺼운 뿔테 안경에다 이마에 달라붙은 자연산 곱슬머리, 어딘가 수줍어하는 표정까지 그의 양태가 하나둘 떠오른다. 평범한 얼굴에 비해 큰 입이 그의 개성이지만 문장 끝에 살짝 리듬을 타며 마무리하는 남도 말투도 한병우만의 특성이다.

"고향은 여수예요."

한국사 특강 시간에 우연히 옆자리에 앉게 돼 서로를 소개하고 말을 텄다. 지방에서 모여든 공시생의 처지란 게 비슷해서 이름과 고향만 소개해도 친구가 된 것 같았다. 그때 말투가 오롯이 기억나는 걸 보면 그가 내게 완전히 잊힌 사람은 아닌 것 같다.

한병우의 성격도 글씨체와 닮았다. 워낙 꼼꼼해서 강의 시간을 철저하게 지키는 데다 서로 말을 튼 뒤부터는 강의실에 미리 도착한 그가 매번 내 자리를 잡아주곤 했다. 특별히 정리가 잘된 그의 노트 도움을 많이 받았다. 둘 다 공시 재수생이었지만 나는 떨어져도 그는 꼭 합격할 줄 알았다.

공부에 탄력을 붙여가던 중, 그는 눈 양쪽에 검은 선들이 어른거리는 것 같다고 했다. 어서 병원에 가보라고 당부했는데 괜찮을 거라며 몇 달을 버티더니 어느 날 폭탄선언을 했다.

"안과에서 망막변성증이래요. 병의 진행을 막을 수는 없대요. 의사 말로는… 시간을 따라 천천히 시야가 좁혀질 거라네요. 실명까지 최대한 진행을 늦추려면 눈을 보호하는 게 가장 중요하대서, 아무래도 행정사무를 직업으로 할 순 없을 것 같아요. 다 접고 노량진을 떠납니다."

시험을 겨우 두 달 앞두고 그는 중도에 포기해버렸다. 진행성 질병이라 합격한다 해도 몇 년 못 버틸 거라 했다. 그를 붙잡을 명분이 없었다. 그저 소주 한잔 사주고 헤어졌다. 그때 그와 비슷한 처지여서 그랬을까, 진심으로 안타까웠다. 어디에서 뭘 하든 그가 잘됐으면 싶었다. 뭐라고 앞뒤 없는 말로 위로하는 내게 그가 했던 푸념이 아직도 기억난다.

"먹고살려면 어떡하든 시험에 꼭 합격해야 한다는 중압감이 병을 더 악화시킨 것 같습니다."

능력이 없는 것도 아닌데 상황 때문에 흘려보낸 그의 시간이 마치 나의 것인 양 화가 났다.

이 편지는 첫 정박지인 필리핀 산토스 항구에서 정환 씨에게 보낼 겁니다. 바다의 도시 산토스는 생명이 눈부시게 반짝이는 곳입니다. 전 세계 다랑어잡이 외항선들이 집합하는 거대한 항구죠. 만선의 기쁨과 출항의 설렘이 교차하는 곳입니다. 지금 제가 타고 있는 배는 내일 오후쯤 산토스에 도착하게 될 겁니다. 그곳에서 이틀 정도 정박한 뒤에는… 드디어 마리아나 해구로 떠납니다.

마리아나 해구. 필리핀 동쪽 챌린저 해연에 숨겨진 거대한 구렁. 수심 10,000m가 넘는, 지구에서 가장 깊은 곳. 8,848m 높이의 에베레스트산을 거꾸로 세워도 닿을 수 없다는 해저다.

한병우가 마리아나 해구를 처음 입에 올린 건 노량진에서 헤어지고 이 년 뒤, 그러니까 우리 둘의 나이가 서른셋 일 때였다. 일 년 더 도전해 삼수 끝에 공무원이 된 나는 당시 새 업무를 익히느라 여념이 없었다. 그를 완전히 잊고 지냈는데 어느 날 뜬금없이 연락이 왔다.

"나예요. 한병우."

뇌리에서 이미 흩어진 그를 억지로 소환해내며 나는 미간을 찌푸렸던 것 같다.

그날은 센터에서 개설한 자치 프로그램 민원을 해결하느라 애를 먹고 있었다. 노래 교실 두 강좌 중 한 강좌를 폐강하고 역사 강좌를 신설하려고 했는데, 어르신들의 비난이 빗발쳤다. 한꺼번에 몰려와 항의하는 통에 식은땀을 흘렸다. 젊은 동민들의 요구를 수용해 변화를 모색하려 한 결과치고는 참담했다. 동장님께 불려가 작은 업무 하나 깔끔하게 진행하지 못한다고 호통 들은 그날, 내 신경은 극도로 예민해져 있었다.

전화기 너머로 뻔한 인사말을 나눈 뒤에 한병우는 조심스럽게 물었다.

"정환 씨, 날씨도 추운데 우리 소주 한잔 어때요?"

나는 그의 제의가 공기 중으로 빠르게 산화되는 걸 무연히 바라보았다. 사소하고 가벼운 제의인데 괜히 부담스러웠다. 누추하고 보잘것없는 일상 속으로 끼어든 그가 귀찮았다.

"병우 씨의 여유가 부럽네요. 지금 난 너무 정신이 없어서…."

시큰둥한 반응에 그는, 문득 생각나서 전화한 것뿐이라고 에둘렀다. 바쁜 것 같으니 다음에 만나자며 그가 먼저 끊으면서 통화는 종료되고 말았다.

민원이 수습된 뒤에야 어쩐지 미안한 마음이 들어 내가 먼저 연락해서 만났다. 통화한 지 한 달 만이었다. 서운할 텐데도 그는 내 제의를 흔쾌히 수락했다. 약속 장소로 나가면서 이상하게 숙제하러 가는 기분이 들었다.

아직 저녁 시간이었는데 그는 뭐가 급한지 만나자마자 소주를 연거푸 들이켰다. 마시고 싶은 술을 억지로 참아온 사람 같았다. 어느 정도 취기가 오르자 숨겨뒀던 진심을 슬며시 내보였다.

"한 달 전 정환 씨에게 전화한 건, 푸드 트럭 폐업 신고한 날이었어요. 뭐, 맘이 허전해서 소주라도 한잔 기울이고 싶었나 봐요."

남 얘기하듯 말했다. 내 눈엔 어쩔 수 없는 달관처럼 보였다.

"핸드폰 뒤져서 함께 술 마실 사람을 찾았는데 아무도 없더라고요. 그때 문득 정환 씨가 생각났어요. 서울 올라온 지 오 년이 지났는데 함께 술 마실 사람 하나 없다니…."

그는 잔을 채워주며 쓸쓸하게 웃었다.

시간을 따라 서서히 소멸할 생명체가 뿔테 안경 속에 갇혀 있다고 느낀 건 지나친 상상이었을까. 어항 속 시한부 생명체와 마주 앉은 듯한 느낌에 나도 괜히 울적해졌다.

한병우는 전남 지역 국립대 해양생물학과 출신이고, 나는 충북 지역 사립대 회계학과 출신이다. 둘 다 서울이 고향이 아닌 바에야 사회적 지인 말고 맘 터놓을 친구가 쉽게 만들어질 리 없었다. 노량진의 춥고 쓸쓸한 기억이 서울 생활의 전부인 건 그와 내가 피처럼 나눠 가진 공통분모였다. 지독한 외로움이 그만의 것은 아니라는 생각 때문이었는지, 아니면 때 이른 술기운 때문이었는지 그의 말이 괜히 시렸다.

그는 외동아들로, 아버지를 일찍 여의었고 대학 시절 어머니마저 신부전증으로 돌아가셨다고 했다. 어쩌면 뿔테 안경 속 쓸쓸한 생명체의 느낌은 망막변성증보다는 그의 외로운 처지 때문일지도 모르겠다. 고향에서는 외로울 때마다 항구에 나가 출항하는 배를 봤다고 말하곤 했는데, 서울이라는 거대도시에 갇힌 그는 외로움에 말라버린 겨울나무 같았다.

"공시 포기한 직후에 무직자 청년 대출받아서 라면포차를 시작했어요. 일 년 만에 접었습니다. 한 달 최저생활비만 나와도 계속 운영했을 거예요. 그해 겨울 지독한 추위에 급성폐렴만 앓고 두 손 들었습니다. 그 뒤엔 중고 스낵카를 사서 막창구이 푸드 트럭도 운영해봤죠. 그것도 매출이 변변치 않아 한 달 전에 접은 겁니다."

마침 그가 젓가락으로 집은 안주가 막창구이였다. 안주를 흘깃 보더니 피식 웃고는 입에 넣어 우걱우걱 씹었다. 그때 그의 등 뒤로 짧은 겨울 해가 지고 있었다. 강렬한 석양이 주점 유리문을 통과해 그의 곱슬머리를 적황색으로 물들였다. 마주 앉은 나의 눈에, 마지막 햇살이 X-선이 되어 그의 내면을 투과하는 것처럼 보였다. 부스스한 머리카락도 사라지고 피부와 근육도 벗겨진 몸 안, 한껏 움츠러든 그의 영혼이 누추해 보였다. 내 자화상을 그린다면 이런 모습일까 싶었다.

얼른 시선을 바깥 풍경으로 돌렸다. 밖에는 초라한 나목들이 시린 바람을 견디며 서 있었다. 방향 없는 바람이 주점 유리문을 거칠게 흔들었다.

"정환 씨, 공무원 생활해보니 어때요?"

질겨서 잘 씹히지 않는 막창구이를 억지로 목으로 넘기면서 그가 물었다.

"공무원 생활이요? 글쎄요…. 목적지인 줄 알았는데 간이역에 불과하더라고요."

그의 감정에 전이된 탓이었을까, 안주를 씹다 말고 선문답하듯 대답했다. 그럴듯한 비유로 답하면 덜 초라해 보일 줄 알았나 보다. 이상하게 얼굴이 화끈거렸다.

주민센터 발령 후 맡은 첫 업무는 민원서류 발급이었다. 등본, 초본, 인감증명서, 가족관계증명서 등등 하루 백여 통이 넘는 서류를 발급하면서 시간이 통째로 날아가는 느낌을 받았다. 접수증 받아 발급 버튼 클릭하고 인쇄해서 건네고 수수료를 받으면 끝이었다. 생각은 배제되었다.

다음엔 민원상담, 그다음엔 자치 프로그램. 업무 내용은 시시한데 사람들은 까다로웠다. 시시한 업무에 초점을 맞추면 정체성에 의문이 생겼고, 까다로운 민원에 초점을 맞추면 짜증이 났다. 월요일이면 금요일을 기다렸고, 일요일 저녁이면 다시 불편해졌다.

하지만 한병우 앞에서 그런 푸념 따위는 할 수 없었다. 나도 그가 보였던 것처럼 꽤 씁쓸한 웃음을 흘렸던 것 같다. 둘의 자조가 안주처럼 술자리를 떠돌았다.

"그냥, 그런대로 하루하루 보내고 있죠, 뭐. 병우 씨도 알다시피 사람 사는 거 다 거기서 거기 아닙니까!"

객기 담긴 내 말에 한병우는 그저 희미하게 웃기만 했다.

둘이서 소주 세 병을 비우고 거나하게 취하자 그는 뜬금없이 마리아나 해구를 아느냐고 물었다. 황당한 질문에 피식 웃었을 것이다.

"당연히 알죠. 지구에서 가장 깊은 해구 아닙니까."

"역쉬! 정환 씨는 뭘 좀 아는 사람이라니까!"

그의 혀가 조금씩 꼬였다. 반말이 섞여들었고 망막변성을 앓는 눈은 게슴츠레 풀어지기 시작했다.

"내 전공이 해양생물학인 거 알죠?"

노량진 시절 귀가 따갑도록 듣던 말이었다. 그의 레퍼토리는 늘 같았다. 해양생물학, 취업은 제로인 학과지만 공부는 정말 흥미로웠다는 것. 어머니는 지방 사립대라도 좋으니 공대에 가라고 설득했는데, 그가 고집을 부려 진학했다는 것. 대학에 입학해 공부하면서 해양생물 분야에 완전히 심취됐다는 것. 들을 때마다 나는 특이한 사람이라는 생각밖에 들지 않았다. 어려운 형편치곤 현실성이 없어 보였다.

"마리아나 해구에 꼭 한번 가보고 싶어요. 지구에서 가장 깊은 곳, 수심 10,000m까지 내려가면 어떤 기분이 들까요? 햇빛이 전혀 들지 않는 그곳을 탐사하기가 달 탐사보다 더 어렵다는 거 알아요? 요즘은 그 깊고 어두운 바다에 몸을 던져보고 싶은 생각이 가끔 들어요."

순간 섬뜩했다. 몽롱한 기운 안으로 일순 각성제가 퍼지는 것 같았다. 짐짓 의뭉스럽게 받아냈다.

"에이, 병우 씨! 무슨 농담을 그렇게 멋있게 해요?"

"정환 씨, 만약 내가 죽으면 꼭 마리아나 해구에 던져줄래요?"

횡설수설하는 그의 말을 자르듯 나는 자리에서 벌떡 일어났다. 과음한 그를 데리고 주점을 나오면서 카운터에 신용카드를 내밀자 주인은 한병우가 미리 계산을 마쳤다고 했다.

얼마 전에 구두점도 문을 닫았습니다. 폐업 신고까지 마치고 나니 이젠 정말 막다른 골목이구나 싶더군요. 무시무시한 마리아나 해구 가장 깊은 곳까지 내려간 느낌이 들었습니다. 사방이 너무 어두워 아무것도 보이지 않았습니다. 어마어마한 수심의 압력에 심장이 터지고 몸은 납작해져 버린 느낌이 들었어요. 숨쉬기조차 힘들었습니다. 그래서 외항선을 탔습니다.

아이러니하게도 마리아나 해구 가장 깊은 곳까지 내려가

보고 싶다던 그의 소원은 쉽게 이루어진 것 같다. 현실 상황이 등을 떠민 게 틀림없다. 세 번의 연타 폐업을 겪었으니 지독하게 운이 없는 사내다. 상상해본다. 칠흑 같은 어둠 속에서 병든 눈을 부릅뜨며 빛 한 조각을 찾아 헤매는 그의 형상을.

그가 조금이라도 약삭빠르고 이기적인 사람이었다면 마음이 이토록 무겁진 않을 테다. 현실적인 사람이었다면 차라리 그를 편하게 만났을 것이다. 저 사람처럼 저렇게 살면 되는구나, 고개를 끄덕이면서 얼마나 가볍게 술잔을 받았을까.

한병우를 다시 만난 건, 그러니까 첫 재회 후 이 년 뒤인 서른다섯 살 여름이었다. 봄에 결혼해서 신혼을 보내고 있을 때였다. 변두리 아파트 상가에서 작은 피아노 학원을 운영하는 여자를 만나 두 계절 만에 결혼한 터였다.

나른한 유월의 금요일, 퇴근이 가까운 다섯 시쯤 그에게서 불쑥 전화가 왔다. 칼퇴근해서 아내와 시원한 맥주 한 캔 할 생각에 들떠 있던 참이었다.

"정환 씨, 오늘 엄청 더운데 우리 시원소주 같이 할래요?"

썰렁한 아재 개그가 하나도 우습지 않았다. 그때 내 시선은 센터 정문 맞은편, 플라타너스에 닿아 있었다. 진초록 나뭇잎에 여름 햇빛이 깨질 듯 쨍쨍한 걸 보면서 눈살을 찌푸렸다. 이미 휘발된 시간 안으로 다시 찾아든 그가 짜증스러웠다. 금요일 저녁을 빼앗기고 싶지 않았다.

선약이 있다고 핑계를 대려다 문득, 이 년 전 만났을 때 그가 술값을 계산한 게 생각나서 약속을 잡고 말았다. 왠지 모를 마음의 부채를 갚아야 할 것 같았다.

여섯 시 삼십 분. 햇살이 남아 있어도 이미 저녁 시간인데, 그는 선글라스를 쓰고 나왔다. 무릎 나온 청바지에 빛바랜 티셔츠 차림 위로 선글라스 낀 모양새가 개그 같았다. 하마터면 보자마자 풉, 소리까지 내며 웃을 뻔했다.

"병원 갔더니, 여름이라 망막변성이 심해질 수 있다고 가능한 햇빛을 보지 말라고 하네요."

변명 같은 첫마디가 끝나자마자 그는 입속에 소주를 털어 넣었다. 주문해놓은 돼지국밥이 나오기도 전인데 그의 빈속이 걱정됐다.

"점심 식사는 했어요?"

"그럼요. 굶고 다니지는 않으니 걱정 마요."

"병우 씨는 요즘 어떤 일 해요?"

"신림동에서 저가 여성 구두점 운영하고 있어요."

"그랬군요. 이번엔 잘되고 있는 거죠?"

"겨우 월세만 맞춰주고 있습니다. 여자들의 심리를 좀 알면 판매에 도움이 될 텐데…. 뭐, 말주변도 없고 잘생긴 마스크도 아니고 말투도 세련되지 못해서 손님들 발길이 점점 뜸해지네요. 하긴 지금껏 연애 한 번 못 했으니…."

자조하는 그를 향해 지난봄에 결혼했다는 말은 하지 않았다. 소주병과 안주 접시, 낡은 청바지와 빛바랜 티셔츠 사이에서 유일하게 선글라스만 튀어 보였다. 유행 지난 선글라스를 똑바로 보면서 말할 용기가 나지 않았다. 눈이 가려져 있어 그의 반응을 확인할 길도 없었다.

말단공무원 월급이래야 적금 부을 돈은 뻔했다. 교통카드 충전비와 점심 식사비, 기본 용돈만 떼는데도 남는 건 백만 원 안팎이다. 삼 년 알뜰하게 모아 목돈 삼천만 원을 만들었지만, 그 돈으로 신혼집을 얻는 건 상상할 수도 없었다. 전세자금 장기대출 칠천만 원 받고 아내가 학원 운영으로 모은 돈 오천만 원을 합쳐 부천에 십칠 평 빌라 전세를 겨우 얻었다. 그나마 일하는 여자를 만난 건 행운이었다. 딱 먹고만 사는 삶에서 탈출할 희망을 엿보고 싶었다.

물론 아내도 공무원이라는 안정성을 택했을 것이다. 최저 생계 보장의 보루로 삼았을지도 모른다. 어떤 위급 상황에서도 위협받지 않을 보험이라고 생각했다면 우리는 서로 조건이 맞아떨어진 훌륭한 짝인 셈이다.

전염병 사태가 커지자 아내는 자신의 선택에 내심 뿌듯해하는 것 같다. 퇴근 후 힘들어 죽겠다고 엄살떨면 소상공인이나 자영업자들에 비하면 든든하지 않냐며 되려 나를 다독였다. 아내의 말에 연신 고개를 주억거리면서도 이상하게 얼굴이 화끈거렸다.

두 번의 창업에 실패하고 세 번째 위기로 의기소침해진 자영업자 한병우에게 딱히 할 말이 없었다. 내가 그때 미혼이었다면 그에게 위로가 됐을까. 술잔을 채워주며 하나 마나 한 뻔한 위로를 건넸다.

"망막변성증만 아니었다면 병우 씨는 그해 분명 합격했을 겁니다. 나보다 일 년이나 경력 많은 선배가 됐을 거예요. 그랬다면 분명 구청 기획재정국 국장도 될 수 있을 텐데요."

"과연 그럴까요? 인생엔 자기 자리가 이미 정해져 있는 것 같은데요?"

반문하는 그의 목소리에 습관적인 달관이 묻어났다. 튀는 선글라스에 어울리지 않는 대답이었다. '그랬겠죠? 그랬음 내가 정환 씨 꽤 부려 먹었을 텐데', 그런 농담이라도 했다면 차라리 술자리가 가벼웠을 테다.

돼지국밥이 나왔는데도 그는 국물만 두어 숟가락 떠먹고 연거푸 소주잔을 기울였다. 한 잔 두 잔 계속되던 잔 끝에 거나하게 취하는가 싶었는데

"해양생물을 공부해보니 그 속에 세상 원리가 그대로 담겨 있더라고요. 정환 씨, 마리아나 해구 알아요?"

또 지긋지긋한 마리아나 해구 타령이었다. 아! 이 사람의 주정이 곧 마리아나 해구였구나 싶은 순간에 문득, 동장님의 넋두리가 떠올랐다. 직원 회식 때 풀어놓은 넋두리였다.

"주정은 곧 그 사람이야. 가장 인간적인 지표라고 할 수 있지. 다들 과음하지 않게 조심해! 잠깐 방심하면 속을 다 들켜

버린다니까. 난 내 주정 미리 말할게. 음… 난 취하면 울어."

동장님은 곧 구청 기획재정국 국장에 임명될 거라는 소문이 암암리에 퍼져 있다. 워낙 똑똑한 사람이라 막연한 추측이 사실처럼 회자되는 중이다. 어설프게 일하는 직원에겐 위압적일 만큼 카리스마 넘치는 그에게 숨겨둔 눈물이라니, 언뜻 이해가 안 됐다.

"열 살 때 엄마가 돌아가셨거든. 서러운 일 있을 때마다 독하게 참으면서 막아둔 눈물이 이건 뭐, 술만 취하면 터져 나오는 거야. 세월 지나 이젠 말랐으려니 싶은데도 계속 터져 나와. 그래서 난 항상 적당한 선까지만 술 마시려고 노력해. 아슬아슬하거든."

아무 상관 없는 한병우를 앞에 앉혀놓고는, 얼마 전에 들었던 동장님의 넋두리가 명언 같다며 혼자서 고개를 주억거렸다. 가슴과 얼굴로 뜨거운 열기가 오르기 시작했다. 상당히 취해 있었던 것 같다.

열기를 식히려고 냉수를 마시다가 한 가지 의문이 생겼다. 그렇다면 세상에서 가장 깊은 곳, 8,848m 에베레스트산을 거꾸로 세워도 그 깊이를 다 채울 수 없다는 마리아나 해구가 왜 한병우의 주정이 된 건지 궁금해졌다. 단지 해양생물학 전공 때문만은 아닐 거란 추측이 확신처럼 떠올랐다.

"어이, 병우 씨. 거, 참 이상하네! 마리아나 해구가 당신이 독하게 참으면서 막아둔 눈물이라도 된단 말입니까?"

횡설수설 앞뒤 없는 말로 따지듯 묻는데 발음이 자꾸 샜다. 생수통째 들고 물을 벌컥벌컥 들이마셨다. 머릿속에 동장님의 넋두리와 한병우의 마리아나 해구가 뒤엉겨서 혼란스러웠다. 헛헛한 열기만 계속 올라왔다.

그때 한병우는 고개를 약간 숙인 채였다. 빈 소주병과 안주 접시가 널린 테이블 위에 시선을 두고 있었다. 그가 또렷하고 차분한 목소리로 대답했다.

"바다 수심에 따라 사는 생물이 다 달라요. 깊은 바다일수록 기압도 높아지죠. 그런데 생물들은 기특하게도 잘 적응해서 자기 수심을 벗어나지 않거든요."

답이 너무 명료해서 혹 잘못 들었나 싶어 검지로 오른쪽 귀를 후볐다. 그의 말이 몽롱한 취기를 뚫고 들어와 가슴에 꽂혔다.

"에이, 병우 씨. 나도 그 정도 상식은 있어요. 아! 당연한 일 아닙니까? 인간의 몸은 1기압의 공기 압력을 견디며 살고! 우주는 0기압이라는 거! 그러니까, 내 말은, 바다 밑으로 내려갈수록 기압은 높아질 수밖에 없다, 이거죠."

"정환 씨, 마리아나 해구 기압이 얼마인지 알아요?"

"그건 모르겠네. 후후. 오늘 병우 씨 전공 특강인가? 주정이 너무 길면 안 되는데…. 막아둔 눈물 둑이 터지면 안 되는데…. 그러니까, 내 말은 술 적당히 마셔야…"

얼굴로 헛헛한 열기가 쉴 새 없이 올라왔다. 숨을 길게 내뱉었다. 날숨이 뜨겁게 데워져 있었다. 선글라스 속에 숨은 그의 눈도 벌겋게 달아 있을 것 같았지만 확인할 길은 없었다.

"자그마치 1,100기압이 넘어요. 사람이 거기까지 내려갔다간 바로 쥐포처럼 짓눌려버릴 거예요. 심해 생물은 기압 때문에 탐사할 수도 없어요. 아주 가끔 저인망에 걸려 올라오는 생물을 관찰할 뿐이죠. 그런데 거기에도 상상할 수 없는 다종의 생물이 살고 있어요. 신기하죠? 수심 200m만 내려가도 햇빛은 하나도 닿지 않으니까 심해는 완전히 캄캄한 세상이라고요."

"후, 답답하겠는데요."

"망막변성으로 완전히 시력을 잃는다고 해도 억울할 게 하나도 없는 곳이죠. 하하하. 내가 가야 할 곳 같지 않아요?"

나는 계속 고개를 주억거리면서도, 마리아나 해구가 왜 자신의 주정인지 그가 속 시원히 설명하지 못했다는 생각에 빠져 있었다.

어느새 캄캄해진 주점 밖에는 한여름 나무들이 죽은 듯이 서 있었다. 어둠에 붙들려 잎사귀 하나 흔들리지 않았다. 바람 한 점 없는 여름밤이 이상하게 서늘했다.

"심해 생물들, 그 녀석들 말입니다. 기압이 어마어마한 바다에서 어떻게 살아가는 줄 알아요?"

"글쎄요. 나야 모르죠. 회계밖에 모르는 무식한 놈이라…."

"스스로 자기 살을 없애거나, 물렁물렁한 피부로만 남거나, 몸속에 따로 기체를 갖거나, 그것도 아니면 회복 단백질을 갖거나 뭐, 그런 다양한 방법으로 환경에 적응했어요. 녀석들이 어쩌다 거기까지 내려가서 살게 된 건지 모르지만 적응력이 정말 대단하지 않아요? 가끔은 그 적응력이 존경스럽다니까요. 기적이죠, 기적!"

둘 다 상당히 취한 것 같아 나는 자리를 털고 일어섰다. 내 뇌리에서는 이미 그와의 시간이 조금씩 흩어지고 있었다. 자화상 들여다보는 놀이, 그만하고 싶었다.

"병우 씨, 이제 집으로 돌아갑시다. 취해서 그런지 우리 집이 마리아나 해구보다 먼 것 같으니까. 하하."

결국 그날 마리아나 해구가 그의 주정이 된 접점은 찾지 못했다. 싱거운 말장난과 허탄한 자조로 아까운 시간을 보냈나 싶었다. 화장실 다녀오면서 술값은 내가 미리 계산해 놓았다.

택시를 잡아주려는데 그가 미처 하지 못한 말을 서둘러 뱉어냈다.

"정환 씨도 견뎌야 할 기압이 있겠지만… 세상 사람 누구나 힘들겠지만… 그래도 햇빛이 들어오는 수심에 사는 정환 씨가 부럽습니다."

햇빛이라니, 피식 웃음이 났다. 일견 이해는 되었지만, 그의 넋두리야말로 괜한 말장난 같았다. 과음한 그를 택시에 태우고 차비까지 미리 지불하고 나니 밀린 숙제를 마친 듯 홀가분했다. 어둠 속으로 멀어져 가는 그의 뒷모습을 보면서, 아내가 기다리는 집으로 돌아가 시원한 맥주 한 캔 더 할 생각에 기분까지 좋아졌다.

정환 씨, 혹시 '초롱아귀'라고 들어봤어요?

나를 닮아 입이 무척 큰 녀석인데 어디로 튈지 모르는 럭비공처럼 생긴 물고기예요. 그 녀석은 마리아나 해구 수심 2,000m 아래 살아요. 한 점 빛도 없는 그곳에서 녀석이 살아가기 위해 벌인 일이 뭔지 알아요? 등지느러미 가시를 기다란 촉수로 진화시켰어요. 눈 바로 위까지 내려와 있는 촉수 모양이 기와지붕에 걸린 초롱불 같아서 '초롱아귀'라는 이름이 붙었어요. 촉수 끝에 초록색 발광체가 있어서 깊은 어둠을 스스로 밝히며 먹이를 찾고 살아갑니다. 그러니까, 어둠 속에서 제 살을 깎아 스스로 등불을 켠 거죠. 그 녀석이 지독하게 부럽습니다. 어둠 속 고독한 빛인 게지요.

초롱아귀, 처음 듣는 이름이다.

회식 자리에서 콩나물과 함께 매운 고춧가루에 버무려진 아귀찜은 먹어봤지만 이런 종류의 아귀가 있다는 건 처음 듣는다. 이름은 귀여운데 한병우를 닮았다면 글쎄, 외모는 우스꽝스럽고 어수룩할지도 모르겠다. 내년 상반기에 구청 기획재정국 국장에 임명될 거라는 소문이 퍼져 있는 동장님, 그분의 가슴에 막혀 있다는 눈물만큼이나 어울리지 않는 얘기다. 먼 이국의 항구로 떠나는 사람이 개연성 없는 아귀라니.

'어둠 속 고독한 빛인 게지요.'

쓸쓸한 문장에 눈이 닿자 새삼 그의 망막변성이 심해진 건 아닌지 걱정된다. 이 년 전 여름, 그를 택시에 태워 보낸 후 어쩌면 한 번도 그를 떠올려보지 못했는지. 아주 가끔 저인망에 걸려 올라오는, 캄캄한 시간 속의 한병우. 그의 근황은 인지 체계 안에 없는 초롱아귀만큼이나 관심 밖이었다.

초롱아귀를 상상해보니 하나의 장면이 연상으로 떠오른다. 거울 앞에 서서 웃자란 머리카락을 손가락으로 헤치는 한병우, 그의 단단한 두개골과 두꺼운 두피를 뚫고 촉수의 움이 돋고 있다. 어수룩한 얼굴을 덮은 갈색 곱슬머리, 불안한 눈동자를 덧씌운 검은 선글라스, 그리고 그의 머리 위에 막 돋기 시작한 초록빛 촉수…. 그의 얼굴 위로 어둠 속을 유영하는 고독한 아귀가 겹쳐진다. 빛도 소리도 차단된 무위의 세상을 홀로 헤엄쳐가는 한병우.

생뚱맞게도, 내년 상반기면 구청 기획재정국 국장으로 승진할 동장님의 촉수는 완벽한 일 처리나 카리스마가 아니라 깊이 막아둔 눈물인지도 모르겠다는 생각이 든다. 주인이 퇴근하고 없는 불 꺼진 동장실을 돌아보는데, 그의 집무실에서 어렴풋이 초록 불빛이 새어 나오고 있는 것만 같다. 오늘 칼퇴근한 동장님은 지금 어디에선가 애써 막아둔 눈물을 흘리고 있을지도 모를 일이다.

머리 위로 손이 올라간다. 짧게 깎은 머리카락 사이에 손가락을 넣자마자 문득 나의 촉수는 어디 있을까, 궁금해진다. 새마을지도자협의회 방역 상황 ppt? 아니면 관내 다중시설 점검 현황표? 그것도 아니면 아파트 단지 꼬마들에게 바이엘을 가르치는 아내? 오늘은 술도 마시지 않았는데 헛헛한 열기가 얼굴로 올라온다.

한병우는 그 멀고 낯선 산토스에서 침침한 눈으로 무엇을 보고 있을까. 전 세계 다랑어잡이 외항선이 들고나는 곳, 정박과 출항이 숨 가쁘게 교차하는 곳, 출하와 경매 소리가 쩡쩡 울리는 곳, 경쟁과 욕망의 눈빛이 불꽃을 일으키는 곳. 진동하는 생명 냄새를 맡고 있을 한병우가 떠오른다. 어쩌면 산토스를 떠나 이미 마리아나 해구로 향하고 있을지도 모르겠다.

나도 불쑥 그를 따라 마리아나 해구를 향해 떠나고 싶어진다. 동장님만큼 지독하게 일을 잘 해낼 자신도 없고 구청 기획재정국 국장까지 오를 자신은 더더욱 없다. 그렇다고 지금보다 더 아래로 내려갈 자신도 없다. 그저 얄팍한 신분과 아내의 소박한 경제력을 붙잡고 어제 같은 오늘, 오늘 같은 내일을 보낼 것만 같아 두렵다. 한병우에겐 미안하지만, 아무것도 모르는 척 맥주 한 캔을 소확행이라 부르며 오늘도 앞으로 헤엄쳐 나아가야 한다.

거대한 외항선이 들어오고 새로 단장한 배가 대양을 향해 다시 출항하는 곳, 그곳 산토스 항구에 서 있는 한병우가 지독하게 부러워진다. 갑작스러운 감정이라 나도 이해 불가다. 역설적이게도 햇빛 하나 들지 않는 깊은 곳에 사는 그가, 스스로 초롱불을 밝히지 않으면 살아갈 수 없는 그가 아프도록 그리워진다.

고향 항구에서 출항하는 외항선을 탔습니다. 언젠가 정환 씨에게 말했듯 육지의 끝은 바다의 시작입니다. 사람들이 새로운 꿈을 안고 떠나는 곳이죠. 솔직히 언제까지 일할 수 있을지는 모르겠습니다. 막다른 골목이어서가 아니라 마지막까지 희망을 잃지 않기 위해 마리아나 해구를 찾아가는 겁니다.

술을 완전히 끊었습니다. 오랜 세월을 돌아 다시 귀향하는 느낌이 듭니다. 급여 분배 방식이나 선박 시설, 선주가 누구인지도 묻지 않고 항로만 보고 선택했습니다. 마리아나 해구를 지나 적도를 넘어 파푸아뉴기니까지 가는 선박입니다. 선원이셨던 아버지가 마지막으로 떠난 바닷길이기도 합니다. 초등학교 다닐 때 아버지의 편지를 받은 적이 있습니다. 산토스 항구에서 보낸 그 편지에는 '며칠 후면 세상에서 가장 깊은 바다를 지나갈 것'이라고 쓰여 있었습니다. 그것이 마지막 편지였습니다.

그때 마리아나 해구로 떠난 배는 침몰했고 아버지는 다시 돌아오지 못했으니까요.

태양이 작열하는 태평양에서 망막변성을 앓는 그가 과연 험한 외항선 일을 할 수 있을지 의문이다. 언젠가 어둠이 그의 눈을 완전히 닫아버린다면 그땐 또 어디로 가야 하는 걸까.

그러고 보니 노량진 시절 딱 한 번, 한병우와 둘이서 그의 고향 앞바다까지 다녀온 적이 있다. 발도 제대로 뻗을 수 없는 고시촌의 방이 시신의 곽처럼 느껴졌을 때, 우리는 무작정 용산역으로 달려갔다. 무궁화호 막차를 타고 내려가는 동안 둘 사이엔 말이 없었다. 유일한 일탈의 시간이었던 그날, 그는 숨 쉬려고 가는 거라고 혼잣말처럼 얘기했을 뿐이다. 그때도 난 말없이 고개를 주억거렸다.

역에서 내달려 항구에 서자 그는 감격한 듯 눈을 감고 한껏 팔을 벌렸다. 그리곤 있는 힘껏 바닷바람을 들이마셨다.

"아! 이곳은 언제 와도 좋아요. 생명 냄새가 나거든요."

오랜 세월 떠돌다가 신고 끝에 집으로 돌아온 사람처럼 그는 그날 편안해 보였다. 바다가 그의 부모 같았다. 내륙 출신이어서 산만 보고 살아온 나에게 바다는 그저 땅의 끝이란 느낌 외엔 별다른 감흥이 없었다. 오히려 망망하고 두려운 곳이기도 했다.

"정환 씨 말대로 바다는 땅의 끝이지만 또 다른 시작이기도 하죠. 자랄 때도 외로울 때면 이곳 항구에 나오곤 했어요. 먼 대양으로 출항하는 배들을 보고 있으면 땅의 끝은 곧 바다의 시작이란 생각에 위로가 되더라고요."

어리숙한 눈동자에 깃든 그의 역사가 어렴풋하게 스치는 것 같았다. 그날 나는 보잘것없는 한 인간 뒤에 숨어 있는 무거운 역사를 가늠하며 맞은편 섬을 바라보았다.

"사실 나, 해양대학에 진학하려고 했어요. 바다 위에서 살고 싶었거든요. 나름 간절했는데, 아버지 일찍 돌아가시고 홀로된 어머니가 외아들까지 바다로 보내는 게 두려우셨나 봅니다. 심한 반대에 결국 고집을 꺾었죠. 대신 타협으로 얻어낸 게 해양생물학이지만…."

먹고살 길 없는 해양생물학을 전공하기보다 차라리 해양대학에 가지 그랬냐고 반문하고 싶었지만, 뱉을 수는 없었다. 그의 가슴속에 아버지의 삶이 환원돼 있다는 건 그때까지도 눈치채지 못했다. 바다에서 돌아가신 아버지 얘긴 그날도 끝내 고백하지 않았었다.

아버지의 자취를 따라 마리아나 해구를 지나고 적도를 넘어 남반구의 아주 먼 바다까지 가려는 한병우. 마치 세계가 얼마나 깊고 세상이 얼마나 치열한지 마주하려고 떠난 사람 같아 마음이 뜨거워진다. 오늘은 정말 술 한 모금 마시지 않았는데 계속 뜨거운 열기가 올라온다. 그의 말대로 그의 여정이 막다른 골목의 도피처가 아니라 새로운 출발이면 좋겠다.

정환 씨, 바다는 자신 속에 어떤 깊은 해구를 품고 있어도 보여주지 않습니다. 그래서 바다가 좋습니다. 상상을 초월하는 기압과 한 치의 빛도 허용되지 않는 어둠 속에서 스스로 등불을 켠 초롱아귀를 만난다면 '그럼에도 불구하고 적응하여 오늘을 살아가는' 이유와 생존법을 물어볼 수 있을까요?
세월이 흘러 눈이 완전히 닫혀버린 어느 밤, 칠흑 같은 세상에서 초록빛 촉수를 마음에 켤 수 있다면 초롱아귀에게서 위로를 얻게 될지도 모르겠습니다. 평안을 빌며 한병우 드림.

이미 밤이 늦었지만, 답장을 써야겠다. 혹 그의 손에 닿을 수 없을지라도. 거대한 마리아나 해구 위에서 제 살을 깎아 스스로 등불을 밝히고 있을 그에게로.

아버지의 눈

하늘빛이 푸른 그림자로 반사된 백색 땅 위에 한 사내가 걸어간다. 작은 키에 똥똥한 몸매지만 걸음만은 재빠르다. 짧은 팔로 부지런히 공기를 가르며 그가 서둘러 걸어가는 배경 저쪽에는 암청색 바다가 도사리고 있다. 그가 걷는 방향과 이유를 구독자들이 이해할 수 있도록 줌-아웃으로 멀어져야 하는데, 어깨에 초점을 맞추고 싶어 줌-인으로 렌즈를 당겼다. 백여 미터 거리에 있는 바다와 무수히 떠 있는 빙하는 처음부터 풀 프레임에서 제외하고 크롭바디로 연속 촬영 셔터를 눌렀다.

"관찰 부스에서 찍는 건 한계가 있어. 가까이 다가가야 구체적인 생태를 담을 수 있지."

어깨를 움츠린 채 뜨거운 커피를 홀짝이던 선임연구원이 참견했다. 남극으로 온 지 한 달밖에 안 됐는데 그의 눈엔 벌써 그리움이 잔뜩 묻어 있다. 삼십 분 남짓 관찰 부스에 머무는 동안 피사체 너머, 북쪽 하늘을 가늠하는 눈길을 벌써 서너 번 보았다. 그의 말대로 젠투펭귄 무리에 가까이 다가가 찍으면 좋겠지만 자연 그대로를 담기 위해선 부스 안에 머물 수밖에 없다. 진심으로 그들의 평온한 삶에 끼어들고 싶지 않다. 그들에게 없는 존재이기를 바랄 뿐이다.

어제는 어쩔 수 없이 군서지 한가운데로 들어가 한 녀석의 몸을 잽싸게 낚아챘다. 이동 위치와 방향, 속도를 알려주는 바이오로깅 장치를 녀석의 몸에 부착하기 위해서였다. 무례한 침입에 놀란 녀석은 짧은 팔로 내 얼굴을 가격했다. 수컷의 완강한 저항이 만만치 않았다. 장치를 부착하는 동안 녀석을 부둥켜안고 미안해, 미안해, 정말 미안해, 사과의 말을 주문처럼 내뱉는데 명치끝이 저려 왔다. 아주 잠깐 녀석의 눈과 내 눈이 마주쳤을 때는 시간이 정지된 것 같았다. 생존의 무게 외에 인간의 연구 욕심까지 등에 업은 녀석에게 진심으로 미안했다.

"새끼들이 부화했으니 앞으로 두어 달은 와글와글 시끄럽겠구먼. 작년에 여기 왔다가 한국 돌아가서도 쟤들 소리가 사라지질 않더라고. 귀에 영구 칩으로 심어진 것 같더라니까."

선임 말에 굳이 대답하지 않았다. 난 어차피 펭귄 소리로 현실의 소리를 덮어버리려 먼 남극까지 왔으니까. 실업자 생활도, 은수와의 관계도, 묵은 상처도 펭귄 소리로 교체되면 더 바랄 게 없을 것 같다.

카메라 렌즈 안에서 걸어가던 수컷이 갑자기 멈춰서더니 뒤를 돌아본다. 눈 위 흰 얼룩무늬가 선명하고 부리도 선홍색에 가깝다. 암컷들이 흠모할 만한 호남이다. 발밑에 놓인 큰 돌을 부리로 물어 올리는 모습이 힘겨워 보인다. 잘생긴 부리가 훼손될까 걱정이다. 뒤뚱뒤뚱, 암컷이 기다리는 돌무더기에 이르러서야 내려놓는다. 새끼가 부화한 둥지를 보완하는 녀석이 대견하다.

카메라 렌즈에 바짝 붙인 얼굴이 화끈거린다. 한국에서 은수 혼자 번 돈으로 지난 일 년을 지탱했다. 화학연구소 인턴연구원인 은수 월급만으론 둘이 생활하기에 빠듯했다. 삼 년 내내 그녀 명의의 오피스텔에서 기생했지만 그래도 처음 이 년간 돈을 벌 때는 절반의 생활비를 댔고, 가끔은 그녀에게 맛있는 저녁을 사줄 수 있어서 떳떳했다. 대학 CC로 만나 오래 교제해오다 은수의 집으로 들어간 지 만 이 년이 됐을 때 실직했다. 박사학위 취득 후에 해양환경연구소 책임연구원으로 일했지만 이렇다 할 실적 없이 프로젝트가 무산되면서 해고됐다.

은수를 지켜주지 못하고 남극까지 숨어든 건 남자로서 둥지를 만들지 못한 부끄러움 때문인지도 모르겠다. 제때 집을 짓지 못해 군서지 주변에서 얼쩡대는 한심한 수컷 펭귄들처럼 말이다.

"저기 제일 가장자리에 집을 지은 쌍 말이야. 무리에서 왕

때 당한 건가? 김 박사, 저 쌍도 한번 찍어 놔. 전체 구도 속에서 얼마나 외로운지를 보여주면 구독자들도 흥미를 느낄 것 같은데?"

줌-인 상태의 렌즈를 선임이 가리키는 외곽 쪽으로 옮겨 가장자리에 집 지은 펭귄 부부를 피사체로 잡았다. 알 낳을 자리를 찾다가 다른 쌍에게 밀쳐져 외곽에 허술한 집을 지은 게다. 가장자리는 위험하고 춥다. 새끼가 괭이갈매기에게 당할 우려도 있다. 세상의 끝, 한국에서 1만 3천 킬로미터 떨어진 남극에도 여전히 안전한 집은 필요해 보인다. 저런 위험한 자리에 허술한 집을 짓고 새끼를 낳아 종족을 보존해야만 하는지, 본능이란 것에 화가 난다. 어리석은 욕심이 보기 싫다.

아버지가 실종된 후 가족들은 강북에서 서울 외곽으로, 그리고 위성도시로, 다시 위성도시의 외곽으로 여러 번 옮겨 다녀야 했다. 원심에서 멀리, 더 멀리, 점점 가장자리로 밀려나면서도 끝까지 초라한 집을 유지하려 했던 가족을 생각하면 아프다. 춥고 위험한 가장자리에서 어머니는 홀로 새끼들을 키웠다.

사실은 나도 한 계절 몸을 의탁할 집을 찾아 이곳까지 온 건지도 모르겠다. 은수의 눈치를 보면서 일을 쉬는 동안 시립도서관에서 전공 관련 책만 읽었다. 매일 오전 아홉 시면 도서관에 도착해서 저녁 일곱 시까지 책에 묻혀 지냈다. 연구 자료를 검색하다가 우연히 극지연구소 구인광고를 보게 됐다. '겨울 한정 남극 연구원', 12월에서 다음 해 2월까지 여름이 도래한 남극으로 내려가 펭귄의 생태를 연구하고 결과물을 생산하는 일이었다. 지독하게 매력적이면서 지독하게 두려운 구인광고 문구를 보며 한참 망설였다. 부담스러운 현실을 떠나 돈은 벌 수 있지만, 남극은 너무 멀고 추운 곳이었다.

은수의 집으로 돌아가, 먼지를 뒤집어쓰고 있는 빛바랜 지구본을 들여다봤다. 23.5도 기울어진 지구본에서 남극은 고개를 옆으로 기울여야 볼 수 있는 땅이었다. 세상에서 가장 먼 곳, 무시무시한 드레이크 해협을 건너야 닿을 수 있는 대륙이었다. 일반생물학 전공자로서 펭귄 연구라니, 아무래도 자신이 없었다. 가지 말자고 결론을 내렸다. 몇 시간 무거웠던 마음이 그제야 가벼워졌다.

그런데 문득 새벽녘에 깨어 옆에 누운 은수의 얼굴을 들여다보는데, 언젠가 그녀가 했던 말이 떠올랐다.

"우진이 네가 나한테 보여주는 건 빈 껍데기뿐인 것 같아. 난 왜 아직도 네 진심을 알 수 없지? 우린 서로 사랑하고 가치관도 비슷한데 왜 아직도 소울메이트는 아니란 생각이 들까?"

푸르스름한 새벽빛이 은수의 얼굴에 음영을 드리우고 있었다. 피곤으로 곯아떨어진 얼굴을 보기가 버거웠다. 떠나지 않기로 결론 내린 지 불과 다섯 시간 만에 무작정 떠나보기로 다시 마음을 바꿨다.

인천공항에서 파리를 경유해 남미로 내려왔다. 칠레 푼타 아레나스에 내려 다시 전세기로 서남극에 위치한 사우스셔틀랜드 제도 킹조지섬까지 들어왔다. 남극으로 오는 내내 세상의 끝을 찾아가는 꿈을 꾸는 것 같았다. 사람이 갈 수 있는 극단의 땅, 삶과 죽음의 경계선까지 날아가는 기분이 들었다. 비행기가 아르헨티나와 킹조지섬 사이, 드레이크 해협을 지날 때는 아예 두 눈을 감아버렸다. 좌석의 팔걸이를 꽉 부여잡았다. 손바닥에 땀이 차올랐다. 다시는 돌아갈 수 없는 길 같았다. 백색 땅에 나를 내려놓은 비행기에 되올라 다시 한국으로 돌아가고픈 욕구를 억지로 삼켰다.

도착한 날 밤 악몽을 꾸었다. 배가 암청색의 거대한 해구에서 침몰해 아득한 심해로 끝없이 가라앉고 있었다. 바다에는 거친 바람이 불어왔다. 수직으로 침몰하는 배에 탄 건 나였다가 아버지였다가 종잡을 수 없었다. 심해로 빨려들어 가면서도 똑바로 뜬 내 두 눈은 징그러울 만큼 짙푸른 바다를 보고 있었고 몸은 경기하듯 부르르 떨렸다. 아무 소리도 들리지 않는 암흑의 심해…. 음이 소거된 꿈속 내 비명에 놀라 깼다. 식은땀을 흘리며 헐떡이는데, 한국에선 희미했던 아버지 얼굴이 조금 더 뚜렷하게 느껴졌다.

꿈과는 달리 관찰 부스에서 이렇게 바라보는 바다는 그런대로 괜찮다. 가까이 다가가지만 않는다면 바다는, 은수와의 관계도 앞으로의 진로도 잠깐 잊게 해주는 청량 마취제다. 아비로서 집을 지어 새끼를 키우는 펭귄도, 집이 필요해 세상 끝까지 도망쳐 온 나도, 모두 바다를 멀리서 바라만 보다가 무난히 생을 마감할 순 없을까. 문득 현실 도피적인 소망이 생겨난다.

연구원 세 사람 모두 아무 말이 없다. 연구 기지 안 공기가 무겁게 가라앉았다. 약속이라도 한 듯 침묵을 지키고 있다. 오전 회의 때 선임과 내 의견이 첨예하게 대립하면서 서로 감정이 예민해졌다.

"감정이 가라앉으면 논의를 계속합시다."

팀장님이 회의를 중단시켰다. 몇 사람밖에 없는 고독한 기지에서 다툼이 일어나면 아무것도 할 수 없기 때문이다. 불협화음 때문에 연구과제를 제때 마치지 못하면 다음 해로 넘겨야 한다. 남극의 여름은 짧다. 광폭한 바람 블리자드가 불어오기라도 하면 종일 아무것도 못 하고 기지 안에 갇혀 있어야 한다.

쇄빙선을 빌려 타고 바다로 나가 펭귄의 잠수 행동을 직접 관찰하자던 선임의 의견은 타당했다. 암수가 번갈아가며 알을 품는 젠투펭귄은 이 기간에 한번 먹이를 구하러 가면 최대 닷새 정도 바다에 머무는 특성이 있어서 잠수 행동을 면밀하게 관찰할 수 있는 적기이다. 그런데도 나는 절대 못 하겠다고 버텼다. 바다에 나가지 않는 대신 육지에서 할 수 있는 일의 곱절을 달라며 억지를 부렸다. 선임은 기가 막히는지 막말을 던졌다.

"김우진 박사, 남극 연구원이 쇄빙선 안 타겠다는 게 말이 돼? 펭귄의 터전은 바다가 칠 할인데, 바다에 나가지 않으면 어떻게 연구하냐고. 혹시 바다가 무서워요? 무슨 트라우마 있어요?"

나는 당신이 관찰하는 펭귄이 아니라고 소리 지르고 싶었다. 오지랖 넓은 그가 싫다. 그냥 지나치는 법 없이 모든 걸 알고 싶어 하는 태도가 부담스럽다. 제발 그냥 짐작만으로 넘어가 주면 좋겠다.

인간관계 갈등이나 겪으려고 무시무시한 드레이크 해협을 건너 남극까지 왔는지 자괴감이 든다. 일은 쌓여 있고 일과는 바쁜데 내부 공기는 너무 적막하다.

기억 속 아버지는 내게 꿈을 크게 가지라고 습관처럼 말했었다.

"어떻게 해서든 공부시켜줄 테니, 너는 바다의 좁은 배 위에 있지 말고 넓은 땅에 두 발 딛고 꿈을 펼치며 살아야 해."

아버지 표정이 너무 진지해서 가끔은 아버지 자신에게 하는 말처럼 들렸다. 그 말 때문이었는지 아버지가 도버 항구에서 사다 준 영국산 지구본을 자주 들여다봤다. 열 살 생일 선물이었다. 지구본에 그려진 남극은 고개를 한참 옆으로 기울여야 볼 수 있는 땅이었다. 아버지 표현대로라면, 넓은 땅이니까 그곳에 꿈이 있을지도 모른다고 생각했다.

아버지 말대로 넓은 땅으로 떠나왔지만, 아버지가 당부했던 꿈에는 근접조차 못 했다. 겨울 한 계절 피신하듯 여기 와 있을 뿐이다. 아버지 꿈까지 업은 무거운 내 꿈은 지금 어디에서 표류하고 있는지….

신산한 마음을 달래려 기지 밖으로 나왔다. 극지연구소 공식 유튜브에 올릴 동영상을 촬영하고 오겠단 메모만 남겨 두었다. 멀리 넓은 바다까지 피사체로 넣어 줌-아웃 하는데 손가락 끝이 가늘게 떨린다. 차갑게 도사린 바다가 풀 프레임 안으로 들어온다. 조리개를 활짝 열어 빛이 풍성하게 들어오도록 노출시켰다. 세상에서 가장 깨끗한 바다와 생태를 촬영해 극지연구소 공식 유튜브에 올리는 것도 주요 업무 중 하나다. 한국에 있는 사람들과 소통할 수 있는 유일한 창구인데, 은수는 한 번이라도 유튜브를 봤는지…. 아마 아닐 것 같다.

관찰 부스로 향하다가 먹이를 구하러 일제히 바다로 이동하는 펭귄들을 만났다. 무시무시한 바다가 싫었지만, 거리를 두고 찍기로 하고 무리를 따라왔다. 해안선에 이르자 그들은 단호하게 바다로 뛰어든다. 하나, 둘, 셋, 넷, 다섯… 한 녀석도 망설이지 않는다. 그들에게 바다는 유튜브로 보는 천국이 아니라 목숨 걸고 맞서야 할 밥벌이 장소다. 천적들이 득실

대고 빙하 조각이 떠다니는 바다가 무섭지 않냐고 아비 펭귄에게 질문한다면 어떤 대답을 줄지 궁금하다. 어쩌면 내 아버지와 비슷한 답을 할 수도 있을 테다.

아버지가 마지막 원양어선을 타러 간 이십 년 전 그날은 유난히 추웠다. 적도를 넘어가는 배를 탈 때 아버지는 항상 겨울 새벽에 집을 나섰다. 그날 엄마는 육 개월 이상 집을 떠나 있을 남편을 위해 따뜻한 새벽밥을 지었다. 단잠에 빠졌다가 달그락거리는 그릇 소리에 잠깐 깼다. 구수한 된장찌개 냄새가 났고 아버지가 뜨거운 국물을 후후 불어먹는 모습을 얼핏 본 듯도 하다. 그때 희미한 각막 밖으로 보이는 창은 아직 캄캄했다. 다시 혼곤한 잠으로 빠져들면서, 새벽밥 먹는 아버지에게 물었다.

"아버지, 또 배 타러 가요? 아직 깜깜한데… 무섭겠다."

"우리 우진이 못 먹이는 것보다 더 무서운 게 어디 있겠어."

아버지의 마지막 대답이었다. 멀고 먼 바다 위에서 거대한 다랑어를 건져 올리던 아버지의 힘찬 팔뚝도 아들 못 먹이는 걸 제일 무서워했던 것 같다.

아버지를 삼킨 무서운 바다가 가까이에 있다. 바다로 뛰어드는 펭귄 등에서 겨울 새벽 멀고 먼 길을 나서는 아버지 등이 보인다.

결국 쇄빙선을 타고 바다로 나왔다. 선임과의 관계를 자연스럽게 풀기 위해선 이 방법밖에 없었다. 한국을 떠나오기 전, 남극에서 배를 타는 건 상상조차 못 했다. 나는 남극 땅에 온 것이지 무시무시한 바다 위에 있으려고 온 게 아니다. 바다를 보지 않으려고 고개를 드니 차가운 하늘에 날카롭게 퍼지는 햇살이 벼린 칼끝 같다. 호흡이 버겁다. 갈등을 불사하며 배를 타지 않겠다고 버텼는데 중재에 나선 팀장님의 한마디 때문에 결국 고집을 내려놨다.

"김 박사, 가기 싫은 곳에도 사랑하니까 가는 거, 난 그게 연구라고 봐요."

어색한 분위기를 전환하려고 그랬는지 팀장님은 지갑 속에 넣어둔 사진을 꺼내 보여줬다. 초등학생 딸과 유치원생 아들이 손가락으로 브이 자를 만든 채 환하게 웃고 있었다.

"어때요? 예쁘고도 무서운 요 녀석들 때문에 내가 살아요. 매년 남극에 오면 요 녀석들이 그립고, 집으로 돌아가면 펭귄들이 또 그리워요. 이젠 펭귄들도 자식 같아요. 자식을 위해서라면 어딘들 못 가겠어요?"

바다에서 크릴새우 사냥하는 펭귄을 관찰하는 게 오늘의 목적이다. 그런데 결빙 해역에서 얼음을 부수며 나아가는 스쿠르 엔진 소리만 들어도 눈앞이 아찔하다. 유빙 앞에서는 아랫입술을 깨물었다. 입술에 피가 날 것 같다. 최대한 바다를 보지 않으려 애쓰면서 펭귄의 동태에만 초점을 맞췄다. 줌-인을 유지하고 있는 카메라가 파르르 떨린다.

바다에서 펭귄들의 모습은 완전히 달라졌다. 땅 위에서 뒤뚱거리던 모습은 상상조차 할 수 없다. 카메라가 따라갈 수 없을 만큼 쾌속으로 달린다. 직선으로 헤엄치지 않고 계속 이리저리 방향을 바꿔가며 솟구치는 통에 촬영하기가 너무 어렵다. 튀어 오르듯 날렵하게 몸을 날리는 젠투펭귄 무리에게서 강한 생명력이 느껴진다. 격렬한 동작을 좇는 눈이 어지럽다.

"얘들이 왜 이렇게 어지럽게 움직이죠?"

"물 밖으로 점프하거나 변침, 변속하는 건 모두 포식동물을 피하기 위해서예요. 헤엄 자체가 그야말로 사투죠. 멀리서 보면 멋진 광경이지만 가까이서 보면 목숨을 건 부정父情입니다."

팀장님의 대답 위로 아버지 얼굴이 겹쳐진다. 원양어선을 타기 위해 겨울 새벽 집을 나선 아버지의 발걸음은 무거웠어도, 대양 위에서 쏟아놓는 아버지의 목소리는 펭귄의 속영처럼 우렁차고 높았을지도 모른다. 다랑어를 잡아 올리며 푸른 힘줄이 불끈불끈 솟는 아버지의 팔뚝….

아비가 자식을 먹여 살리기 위해 세상 어디까지 갈 수 있는지 보여주려고 원양으로 나간 아버지는 결국 돌아오지 못했다. 아버지가 탄 원양어선은 남미 아르헨티나와 남극 대륙 사이에 출렁이는 드레이크 해협에서 침몰했다. 한국에서 조사위원들이 급파됐다. 눈앞을 분간할 수 없는 블리자드가 불어왔고, 바람에 흔들리던 선체가 빙산에 부딪혔을 것으로 추정했다. 조사위원들의 보고서 안에서 아버지는 사망이 아닌 실종으로, 이 세상에서 사라진 사람이 되었다.

침몰 이후 시신을 찾지 못한 채로 이십 년이 흘렀다. 분명 아버지는 이 세상에 없는데 시신을 확인하지 못한 나는, 깊은 해구 아래 어디에선가 아버지가 두 눈 똑바로 뜨고 여전히 살아 있을 것 같은 착각에 시달리며 자랐다. 거울 속의 거울, 또 그 거울 속의 거울처럼 침몰하는 배는 수백 수천의 복제 영상으로 나를 따라다녔다. 아버지가 사다 준 영국산 지구본으로 드레이크 해협을 매일 찾아보았다. 남미와 남극 사이 좁은 해협엔 Drake Passage라고 명명돼 있었다.

"드-레-이-크-페-시-지."

고개를 옆으로 기울인 열두 살 꼬마는 어려운 지명을 가만히 읊조려 보곤 했다. 태평양과 대서양이 만나 무섭게 파도가 일어나는 그곳에 광폭한 바람 블리자드가 부는 날, 빙산에 선체가 부딪친 원양어선이 암청색 바닷속으로 침몰하는 광경을 수천 번 상상했다. 어두운 겨울 새벽, 먼 길을 떠난 아버지가 바다로 빠져드는 삽화는 지우고 지워도 뇌리에 심은 영구 칩처럼 사라지지 않았다.

"걔들도 저렇게 물 위로 뛰어오르면서 겨우 숨을 쉬는 거지. 에구, 자식 먹이려고…. 가만 보면 종족 본능이란 게 진짜 무서운 거야. 김 박사, 오늘 유튜브 영상 제목으로 '바다보다 무서운 종족 본능' 어때?"

내가 쇄빙선에 함께 오르자 미안했던지 선임이 계속 부연 설명을 늘어놓는다. 이런 놀라운 광경을 눈앞에 두고 종족 본능이라고밖에 못 하나 싶어 괜히 언짢아진다. 오늘은 이상하게 나답지 않다. 누구보다 종족 본능을 혐오한 건 나였는데….

은수도 종족 본능을 혐오했다. 둘씩 셋씩 자식 낳아 오직 양육만을 위해 일생을 바치는 삶에 혀를 찼다. 그녀에게 자식이란 시간과 돈과 에너지를 빼앗아가는 대상에 불과했다. 아이 없이 생활하다 언제든 상대가 부담스러우면 자유롭게 떠날 수 있는 사랑을 원했다. 서로의 영역을 존중하면서 두 배 수입으로 여유롭게 사는 딩크족 패턴에 우리는 동의했다. 함부로 누군가를 책임졌다가 끝까지 지켜내지 못하면 상처 입지 않고 살아갈 방법이 없는 것이다.

그런데 남극으로 떠나오기 이틀 전, 은수는 한참을 망설인 끝에 어렵게 입을 열었다.

"신파 대사 같은 말을 하는 내가 혐오스럽지만… 그래도 어쩔 수 없어. 절대로 책임지라고 하는 말은 아냐. 내 실수가 크니까. 그래도 너랑 나랑 함께 만든 일이니까 적어도 네가 알고는 있어야 한다고 생각해. 나, 임신했어. 아직 혼란스럽긴 한데, 이상하게 낳고 싶어. 네 생각은 어때?"

펭귄이 물 위로 점프하는 모습을 역광 모드로 전환해봤다.

바닷물이 튀는 모습도 생생하게 잡을 수 있고 유영이 훨씬 아름답게 인화될 것 같아서다. 바다를 헤엄치는 단순한 객체가 아니라 하나의 삶이 피사체로 담길 수도 있을 것 같다. 아버지 펭귄…. 위험천만한 얼음 조각들과 호시탐탐 목숨을 노리는 천적들 틈에서 크릴새우를 확보하기 위해 사투를 벌이는 녀석들에게 오늘은 다른 제목을 붙여주고 싶다. '죽음보다 강한 자식 사랑'이라고.

바이오로깅 장치를 부착한 수컷 펭귄이 일주일째 돌아오지 않고 있다. 기지에서 군서지까지 걸어오는 동안 녀석만 생각했다. 거친 바다에서 무슨 일이 생긴 게 거의 확실하다.

"천적인 웨델물범에게 잡아먹혔거나 빙산 조각에 사고를 당했을 확률이 높아. 온난화 때문에 빙산이 자꾸 녹고 있으니까."

이번에도 선임 말은 타당해 보였다. 새끼 먹여 살리는 일에 연구 기대까지 업은 등이 얼마나 무거웠을까. 자꾸 두려워진다. 누구든 그 무엇이든 바다로 나가 돌아오지 않는 건 악몽이다.

처음부터 정을 주면 안 되는 거였다. 연구 객체로만 대한다는 철칙을 지키지 못했다. 세상 끝으로 도망쳐 왔는데 여기서도 같은 실수를 반복한다. 바이오로깅 장치를 장착당하면서 녀석은 내게서 두려움을 느끼는 것 같았지만 나는 녀석에게서 출처 없는 정을 느꼈다. 잠깐 서로 눈이 마주쳤을 때, 오래전 겨울 새벽 먼바다로 떠난 남자의 눈빛이 어른거렸다.

"비싼 기계장치 날린 건 둘째치고, 중요한 자료 하나를 잃어버렸으니."

선임은 짜증부터 냈다. 펭귄이 돌아오면 잠수 깊이를 측정하는 수심 기록계, 위치를 기록하는 GPS, 속도 변화와 행동 방향을 기록하는 가속도계 등을 분석하는데, 데이터를 잃어버렸으니 연구에 차질이 생긴 것이다. 킹조지섬으로 들어오고 나가는 일정을 빼면 생태연구 기간은 겨우 삼 개월뿐인데 축적 자료가 부실해질 수밖에 없다.

자료 손실 때문에 선임은 짜증 내고 있지만 난 녀석의 생존이 걱정이다. 속상하다. 기다리는 새끼 때문에 차가운 심해 어디쯤에서 두 눈을 똑바로 뜬 채 암청색 바다를 노려보고 있을 것만 같다.

새끼들이 걱정돼 팀장님과 함께 군서지로 나왔다. 돌아오지 않는 수컷 펭귄 대신 먹이를 구하러 갔는지 암컷 펭귄도 보이지 않는다. 그제와 어제 바람이 심해서 야외조사를 못 했는데 부화한 새끼 두 마리 중 한 마리가 없다. 도둑갈매기가 훔쳐 갔는지도 모르겠다. 품어주는 부모가 없어 남은 새끼 한 마리가 떨고 있다. 크리스마스 무렵에 부화해 열흘 정도 지난 새끼는 15cm 정도 자란 상태다. 불어오는 바람에 연약한 회색 솜털이 등 쪽으로 쏠리며 오소소 일어난다. 추워 보인다.

다행히도 올해는 블리자드가 불지 않았다. 중형 태풍급 블리자드가 일어나면 초속 40m 이상의 바람이 분다고 들었다. 삼 년 전, 블리자드 눈바람에 새끼들이 떼죽음을 당했다는 팀장님의 얘길 듣고 조마조마한 마음으로 군서지를 돌아보곤 했는데 다행히 새끼들이 지금껏 잘 자라줬다.

홀로 있는 새끼가 가엾다. 살려내고 싶다. 천적이 잠입하거나 체온이 급격히 내려갈 수도 있다. 무엇보다… 새끼가 바라보는 빙하 저쪽에는 지구본에 'Drake Passage'라고 명명된 거친 해협이 도사리고 있다. 아비가 돌아오지 않는다면 새끼는 치명타를 입을지도 모른다.

"어떡하죠? 새끼가 위험한데…."

"자연법칙을 거스를 순 없어요."

팀장님은 부드러운 어조로 일침을 가했다. 그의 부드러움이 내 반감을 항상 가라앉혀버린다. 그의 말은 옳다. 자연법칙을 거스르는 연구자는 없다. 만약 도와준다면 연구물은 거짓이 될 것이다. 오염된 결과를 얻으려고 남극까지 온 건 아니다.

아버지를 실은 배가 침몰한 후, 주변 사람들은 열두 살 소년에게 여러 말로 위로하려 들었다. 그래야만 하는 의무라도 있는 것처럼. 네 아빠 이제 고생 그만하라고 신께서 데려가신 거야, 천사표가 먼저 하늘나라 가는 법이야, 열심히 일하다 돌아가셨으니 나름 자랑스러운 삶이었어, 오대양을 누비다 돌아가셨으니 그만하면 멋지게 사신 거야…. 그 어떤 말도 위로가 되지 않았다. 부질없는 변명 같았다.

그런데 당시 고등학생이던 고종사촌 형의 냉담한 한마디에 이상하게 마음이 차분해졌다. 사람의 죽음도 자연법칙이야. 거스를 수 없어…. 형 말대로 죽음이 자연법칙이라고 인지하니 아버지를 향한 그리움도 대뇌 전두엽의 단순한 작용으로 받아들여졌다. 조금은 편안해졌다.

"이상해요. 팀장님. 바이오로깅 장치를 부착할 때 보인 녀석의 눈빛이 잊히지 않아요."

"김 박사, 너무 걱정하지 말아요. 펭귄의 실종도 죽음도 다 중요한 연구 데이터니까. 아비 펭귄이 돌아오지 않을 때 새끼가 겪는 위기 극복 과정을 사람들이 더 응원할 것 같지 않아요?"

"새끼 펭귄이 인간의 호기심을 위해 마루타가 되는 거군요."

실종이 흥밋거리로 치부되는 것 같아 씁쓸하다. 아비 펭귄이 기적처럼 살아 돌아오길 바랄 뿐이다. 언제나 차분하고 대응능력이 뛰어난 팀장님이 자기답게 설득하는데 더 이의를 제기할 순 없다.

"겨우 살아남은 새끼 펭귄도 자라면 기어코 새끼를 낳으려고 둥지를 짓는 게 신기해요. 유전자에 그렇게 입력되어 있다고 말하기엔 저들의 행동이 너무 엄숙하거든요. 짝을 지어 새끼를 낳고 키우는 건 아무래도 본능이 아니라 인생의 잠언 같단 말이죠. 때론 경건해 보이기도 해요."

아비 잃고 남겨진 새끼가 훌쩍 자랐다. 회색 솜털이 벗겨진 등에는 새로 자란 털이 검은색에 가까워졌고 가슴 쪽엔 보슬보슬한 흰색 털이 수북하다. 해안가엔 덜 여문 팔을 위아래로 흔들며 걷던 새끼들이 수영 연습에 빠져 있다. 파도가 밀려오고 밀려가는 해안까지 카메라 프레임 안에 넣었다. 얕은 물가에 고개를 박고 짧은 팔을 쉴 새 없이 파닥거리는 모습이 앙증맞다. 앵글을 맞추는데 저절로 미소가 번져 나온다. 녀석들이 어느새 훌쩍 자라서 수영 기술을 터득하고 있다니 대견하다.

초등학교 저학년 때 나도 수영을 배웠던 기억이 있다. 후, 후, 후, 후, 강사의 호각 소리에 맞춰 하나, 둘, 셋, 넷, 마음으로 박자를 세며 물을 헤쳤다. 한쪽 팔을 앞으로 쭉 뻗은 다음 반원을 그려 물을 저으며 두 다리를 상하로 움직여 밀어내면 신기하게 몸이 앞으로 나아갔다. 처음엔 수경을 쓰고도 질끈 감았던 눈을 바로 뜨게 됐을 때 수면 아래는 또 다른 세상이 있었다. 그러다 어느 순간 무섭다는 느낌을 받으면 한순간에 물속으로 빠져서 허우적대기도 했다. 그래도 즐거웠다. 다시 올라오면 되었다.

아버지가 실종된 뒤부터는 물을 가까이하지 못했다. 초등학교 6학년 이후 한 번도 수영해본 기억이 없다. 은수가 둘만의 약혼 기념으로 사이판 여행을 제의했을 때도 고개를 저었다. 그 겨울, 따뜻한 남쪽 섬으로 내려가 서핑을 즐기는 대신 북해도로 떠나 끝없이 내리는 눈만 보고 돌아왔다.

"쟤들 아직 멀었어. 차가운 남극 바닷물에 얼른 적응해야 해. 부모처럼 헤엄치려면 더 연습해야 해. 힘내라, 아가들."

관찰 부스 안에서 커피를 홀짝이던 선임은 오른팔을 흔들며 응원한다. 대꾸하진 않았지만 웃음이 난다. 그의 말은 옳다. 새끼 펭귄이 빨리 수영을 익히지 않으면 먹이를 구할 수 없고 웨델물범을 피할 수도 없다. 다른 서식지로 옮겨가는 건 꿈도 꿀 수 없다. 언젠가 그가 했던 말 그대로 펭귄 삶의 칠 할은 바다다.

선임이 냉정한 사람만은 아닌 것 같다. 며칠 전, 함께 야간 관찰을 나왔다가 기지로 돌아가는 길에 그가 문득 걸음을 멈췄다.

"저게 남십자성이지."

선임은 고개를 들고 오른손 검지로 가로로 한 번, 세로로 한 번, 하늘에다 천천히 성호를 그었다. 그가 가리킨 밤하늘에는 십자 모양을 이룬 네 개의 별이 반짝였다. 영롱했다. 세상의 후미진 곳까지 환하게 비추는 신의 등불처럼 보였다. 북반구의 북극성처럼 남반구의 길라잡이가 되는 별. 동화 속으로 들어온 듯 순간 기분이 묘해졌다.

"이등병 때 엄마가 돌아가셨거든. 장례를 마치고 전방 부대로 귀대했는데 하필 그날 밤에 초소 근무인 거야. 눈물 뚝뚝 흘리면서 밤하늘에 떠 있는 북극성을 보며 생각했지. 내가 세상 어디로 가든 어디에 있든 북극성이 길을 인도해주듯이 엄마의 눈도 나를 지켜보고 있을 거라고. 그러니까 이상하게 위로가 되더라고. 그런데 남극으로 오니 또 저 별이 있지 뭐야. 남반구의 나그네를 지켜주는 남십자성… 고마운 별이야…."

등 뒤에 서 있던 나는 순간 그의 어깨에 손을 올려놓을 뻔했다. 누구든, 오래, 자세히 보아야 알 수 있단 시구에 공감하며 엉거주춤 올라간 손을 내려놨다.

"헉! 저건 뭐야? 저길 봐. 꼭 찍어야 할 것 같은데?"

비명에 가까운 선임의 소리에 놀라 앵글에서 눈을 떼고 해안가를 살폈다. 침입자는 큰풀마갈매기다. 수영 연습 중인 새끼 펭귄들에게로 장막 같은 두 날개를 펴고 날아오는가 싶더니 한 마리를 잽싸게 낚아챈다. 새끼는 놀라 단말마의 비명을 지르고 침입자는 먹이를 놓지 않으려 새끼의 연약한 가슴 근육을 꽉 움켜쥔다. 이제 막 차가운 바다에 첫발을 내딛는 새끼를 무참히 낚아채다니! 역시 바다는 무서운 곳이다. 심장이 가슴 밖으로 튀어나올 것 같다. 새끼의 비명이 공간을 날카롭게 찢는다. 수영 연습에 열중해 있던 다른 새끼들도 두려움에 소리 지르며 둥지로 뛰어간다.

호흡이 가쁜 중에도 얼른 다시 앵글을 맞췄다. 큰풀마갈매기 발에 잡혀 있는 새끼 펭귄을 최대한 줌-인으로 당겼다. 새끼는 비명을 지르며 완강하게 버티고 있다. 해안에 넘실대는 바닷물을 박차며 힘을 다해 반항한다. 사투를 벌이는 시간이 참혹하다. 카메라 전원을 꺼버리고 싶다. 안쓰러워 못 보겠다.

"김 박사, 보호자가 나타났어! 저기, 저기야. 바로 저기!"

앵글 안으로 뛰어든 건 아비 펭귄이다. 갈매기의 발톱이나 부리에도 아랑곳하지 않고 짧은 팔로 가격한다. 혼신을 바쳐 저항하는 아비에게로 다시 초점을 옮겼다. 아비의 짧은 팔은 큰풀마갈매기의 발톱 앞에 너무도 무력해 보인다. 안 돼! 나도 모르게 탄식이 흘러나온다. 죽으면 안 돼! 죽지 마! 간절히 염원하는 사이 앵글에 맞춘 시야가 부옇게 흐려진다.

아비 펭귄의 가격에 큰풀마갈매기의 자세가 흐트러지면서 틈을 보인 찰나, 새끼가 재빨리 발톱에서 빠져나왔다. 침입자가 다시 낚아채려는데 아비 펭귄이 등으로 새끼를 막아낸다. 어느 틈에 새끼는 앵글에서 벗어나 있다. 달아나는 새끼까지 프레임 안에 넣기 위해 줌-아웃으로 멀어졌다. 큰 날개를 펴고 주변을 활공하던 큰풀마갈매기는 결국 바다로 날아가버린다.

"우리 엄마도… 저랬어."

바짝 움츠렸던 어깨는 폈지만 흐려진 시야는 어떻게 할 수 없어 계속 앵글에 눈을 대고 있는데 선임의 목소리에 물기가 스며 있다.

"나, 어릴 때 가난한데다 몸도 많이 약했거든. 힘센 녀석들한테 한 대 맞고 들어가면 엄마가 녀석들의 집으로 찾아가서 싸워주곤 했지. 우리 선호 건드리는 놈은 내가 가만두지 않을 거야, 소리치는 엄마 목소리가 너무 드세서 그땐 창피했는데…. 이등병 때 부음 듣고 달려갔더니 엄마가 남긴 마지막 유언을 이모가 전해주더라고."

"…."

"마지막 힘을 다해 두 손을 모아쥐고는 '하나님, 우리 선호 꼭 지켜주세요.'라고 기도했다네."

앵글에서 눈을 떼지 못한 채 나는 나란히 앉은 그의 어깨에 엉거주춤 손을 올려놓고 가만히 토닥였다.

2월이다. 남극의 여름이 지고 있다. 철수할 때가 왔다. 여름 끝 무렵의 석양은 매일매일 천상의 거울처럼 황홀하다. 해는 내일 다시 뜨지 않을 것처럼 사력을 다해 붉은빛을 바다에 토해낸다. 암청색 바다가 저녁마다 선홍색으로 물든다. 여름이 가는 게 아쉽다. 그간의 연구 데이터는 본국 극지연구소로 이미 전송되었고 다음 여름에 이어갈 프로젝트 계획도 수립되었다.

어젯밤 짐을 쌌다. 짐이랄 것도 없이 오리털 파카 두 벌과 패딩 바지 몇 개, 세면도구가 전부지만 몇 번이나 멍하니 앉아 펭귄들의 생애를 생각하곤 했다. 엄존한 위험과 생명력이 함께 깃든 이 땅을 쉽게 잊을 수 없을 것 같다. 선임의 말대로 이젠 눈만 감아도 녀석들의 소리가 귀에 칩을 심은 듯 쟁쟁하게 들려올 테다.

정오 무렵 팀장님과 둘이서 마지막 생태 관찰을 나갔다. 다음 여름에 또 오지 않는다면 펭귄들과는 마지막 인사가 될 터였다. 다 자란 새끼들의 아우성도 주변 풍경도 담고 싶어서 광학카메라에 망원렌즈를 끼웠다. 최장 원거리 풀 프레임으로 잡았다. 암청색 바다와 서서히 이끼가 사라지고 있는 땅이 카메라 안으로 시원하게 들어왔다.

"김우진 박사, 다음 여름에 남극 또 올 거예요?"

"글쎄요. 한국의 겨울이 추우면 이곳이 그리워 올 수도 있겠죠?"

"한국의 겨울이 따뜻할 리가요. 꼭 오겠단 말보다 더 확실한 거 아닌가? 하하."

"그렇게 되나요? 팀장님은 물론 또 오시겠죠?"

"그럼요. 인생의 잠언 읽으러 와야죠."

"세종기지 개원부터 지금까지 계속 이어지는 팀장님의 연구 의지가 존경스러워요."

"그런 말은 어울리지 않아요. 연구 의지라기보단 펭귄을 통해 위로받을 수 있어서 이곳이 좋아요. 대단한 성취가 아니어도 넌 지금 충분히 의미 있는 삶을 살고 있단 위로가 여기선 느껴지거든요. 내가 세상에 와서 하는 일이 겨우 자식 둘 먹여 살리는 일이라 해도, 의미 있다는 걸 매년 확인하게 되니까요. 의미가 생기니까 남반구와 북반구를 오가는 생활도 나쁘지 않더라고요."

바이오로깅 장치를 등에 업은 녀석은 결국 돌아오지 못했다. 그래도 어미가 먹이를 구하러 간 동안 추위에 떨던 새끼는 살아남았다. 새끼의 성장기를 촬영한 일이 가장 소중한 기억으로 남을 것 같다. 한국으로 돌아가서도 실종된 아비 펭귄을 오랫동안 잊지 못할 것이다. 지금도 녀석이 어느 심해에서 두 눈 똑바로 뜨고 새끼를 지켜보고 있을 것 같은 착각은 오래된 습관일지도 모른다.

"팀장님, 혹 다음 여름에도 제가 이곳에 온다면 한 가지는 확인할 겁니다. 아비 잃고 추위에 떨던 새끼가 자기 새끼를 낳는 모습을 보고 싶네요."

"경이로울 거예요, 분명."

어젯밤 짐을 싸고 있을 때 은수에게서 문자가 왔다. 넉 달 만에 온 소식이었다. 문자 한 통이 뭐라고 두근거리기까지 했다.

「요즘 유튜브 영상 제목이 너답지 않아.」

그간 어떻게 지냈는지, 몸은 건강한지, 자신의 고백은 고민해봤는지, 다시 오피스텔로 돌아올 예정인지, 무수한 질문이 한 문장 안에 다 담겨 있었다. 생각 끝에 나 역시 짧은 문장으로 답을 보냈다.

「이제 여긴 더 추워질 거야. 빨리 우리 집으로 돌아가야겠어.」

한국에는 지금 봄이 오고 있을 것이다. 따스한 햇볕이 겨우내 얼어붙은 나뭇가지를 간지럽히고 있을 테다. 그리고, 은수의 뱃속에도… 생명이 건강하게 자라고 있을 것이다.

사우스셔틀랜드 제도 킹조지섬을 떠나, 돌아갈 때는 배를 타고 아르헨티나 최남단 도시 우수아이아까지 갈 예정이다. 깊고 거대한 드레이크 해협을 직접 지나갈 것이다. 태평양과 대서양이 만나는 그곳엔 이십 년 전처럼 거친 파도가 일어날지도 모른다. 그래도 두 눈 똑바로 뜨고, 아버지를 삼킨 바다를 뚫어지게 바라보고 싶다. 지구본에 명명된 'Drake Passage'를 건너가며 아버지 얼굴을 온전히 기억해내고 싶다.

새벽녘 꿈을 꾸었다. 암청색 바다로 빨려드는 꿈이었다. 광폭한 눈보라와 함께 거대한 파도가 덮쳐와 심해로 밀려가는데 이상하게 두려움은 느껴지지 않았다. 수압을 체감하지 못하는 몸은 충만한 자유를 만끽하며 깊은 곳까지 헤엄쳐 내려갔다. 깊은 바다로… 더 깊은 바다로… 아주 깊은 바다로… 가장 깊은 바다까지…. 고요하고 어두웠다. 아무것도 보이지 않는 캄캄한 해저였다.

어느 순간 희미한 빛줄기가 보였다. 부드럽게 바닷물을 안으며 헤엄쳐 갔다. 멀리 등대가 서 있었다. 등대에서 두 줄기 빛이 뻗어 나와 내 망막까지 닿았다. 눈 속에서 빛은 파동을 타고 충만하게 일렁였다. 따뜻한 빛을 따라 계속 헤엄쳐 나아갔다. 등대를 자세히 보려 애쓰며 가까이, 더 가까이 다가갔다.

깊은 해저에 육중하게 서 있는 건… 등대가 아니라 아버지였다. 아버지의 두 눈에서 푸른 불빛이 뿜어져 나오고 있었다. 환하고 완전한 빛이었다. 아무것도 숨길 수 없는 푸른 빛….

놀라 잠에서 깼지만 땀을 흘리거나 헐떡이지는 않았다. 신기하게 가슴 밑바닥에서부터 고요한 평화가 스며들었다. 해가 떠오를 때까지 아버지 얼굴을 떠올리며 가만히 누워 있었다.

내일 출발하는 배는, 아마도 안전하게 남미 대륙까지 나를 데려다줄 것이다. 아버지의 두 눈이 등대가 되어 내 길을 안내해줄 것이므로. 23.5도, 고개를 기울여야 볼 수 있었던 무시무시한 드레이크 해협을 건너 아르헨티나 최남단 도시 우수아이아에 도착하면 은수에게 전화할 것이다. 그리고 물어볼 것이다.

"은수야, 어떻게 하면 네게 소울메이트가 될 수 있을까?"

구라미

구라미가 죽은 건 남편이 사표를 던진 날 아침이었다. 이상한 예감에 일어나 거실로 나왔을 때, 구라미는 허연 배를 뒤집은 채 수면에 떠서 역한 냄새를 풍겼다. 이른 아침 미명에 목격한 구라미는 수감 생활을 견디다 못해 목을 맨 죄수 같았다. 좁은 어항에서 살기엔 지나치게 길고 거추장스러운 수염이 수면 위 사선으로 솟아 있었다.

삼 리터 내외 어항 속, 주검은 너무 명징해서 징그러웠다. 동료의 주검 아래로 빨간색 드워프 구라미와 은색 네온 구라미는 아무 일도 없었다는 듯 시치미를 떼고 천천히 유영했다. 관상어는 헤엄치는 방향만 바뀌어도 직전 일을 기억하지 못한다는 말처럼, 동료의 죽음쯤은 벌써 까맣게 잊은 것 같았다.

그렇다면 죽은 건 푸른색을 띤 블루마블 구라미일 터였다. 세 마리 중 가장 불안한 몸짓으로 물 공간을 살아내던 녀석이었다. 헤엄쳐 다니는 동안 한 번도 정면으로 보여주지 않던 허연 배가 오싹한 이물감으로 다가왔다. 겨우 사 센티미터의 작은 물고기여도 주검은 낯설었다.

“여보! 여보!”

다급하게 부르는 소리에 거실로 나온 남편의 눈썹이 일순 꿈틀거렸다.

“얘, 죽었나 봐요. 얼른 치워줘요. 보기 끔찍해요.”

남편은 치울 생각이 없다는 듯 가만히 서서 블루마블 구라미의 허연 배만 노려보았다.

“뭐해요, 세탁실에 뜰채 있어요. 어서 치워달라니까요.”

남편의 표정은 단순했지만 느낌은 모호했다. 단호한 듯, 화가 난 듯, 혹은 허망한 듯 내심을 종잡을 수 없었지만 어두운 기분인 건 분명해 보였다. 잠이 덜 깼다고 하기에는 지나치게 진지했다. 못 들은 체 아무 대답도 없이 화장실로 들어간 남편은 누구와 싸우고 난 뒤처럼 얼굴에 물을 거칠게 뿌리며 세수했다. 귀먹은 사람 같은 행동에 당황하며 재차 재촉했다.

“죽은 구라미, 저대로 둘 거예요? 아무래도 지금 썩고 있는 것 같아요. 오늘이 말복이라 날이 얼마나 더운데! 그래서 내가 처음부터 관상어 키우는 거 반대했던 건데!”

대화를 거부하기로 작정한 듯 남편은 대꾸 한마디 없이 면도만 했다. 혹 우리 부부 사이에 감정 상한 일이 있었나 지난 밤 풍경을 곰곰이 되새겨봤다. 일찍 퇴근해 돌아온 남편과 냉국수로 식사한 후에 에어컨 밑에서 시원한 수박을 먹으며 프로야구 중계를 시청했던 것, 열 시 뉴스를 보며 국민연금 개혁안에 함께 혀를 찼던 것, 자정쯤 안방 에어컨을 수면 모드로 바꿔놓고 편안하게 잠들었던 것 외에 딱히 떠오르지 않았다. 아무리 생각해도 평범하고 평안하기 그지없는 일상이었다.

그렇다면 왜일까, 화난 이유를 추정해보는데 어느새 남편은 안방으로 들어가 출근 준비를 서둘렀다. 여섯 시 반밖에 안 됐는데 임원 조찬 회의에 참석해야 하는 사람처럼 이상하게 서둘렀다. 새 프로젝트 기획안 발표가 예정된 아침처럼 거울 앞에서 넥타이를 단정하게 매고 옷매무새를 거듭 확인했다.

"여보, 왜 그래요? 왜 사람 말에 대답을 안 해요? 그리고 이젠 조찬 회의도 없는데 왜 이렇게 일찍 출근 준비를 해요?"

전혀 들리지 않는다는 듯 현관으로 뚜벅뚜벅 발걸음을 옮긴 남편은 돌아보지도 않은 채 단호한 한마디를 등 뒤로 던졌다.

"나, 회사에 사표 내고 올게."

어안이 벙벙해 있는데 눈앞에서 현관문이 거칠게 닫혔다. 기가 막혔다. 구라미 한 마리의 주검도 낯선데 갑작스럽게 사표라니.

구라미가 죽기 이틀 전, 대형마트에서 남편과 함께 주말 장을 봤다. 무심히 주방 코너를 지나던 남편이 무엇엔가 홀린 듯 걸음을 멈췄다. 남편의 시선을 따라간 곳에는 포도주 잔 모양의 유리 화병들이 즐비했다. 실제 포도주 잔의 열 배가 됨 직한 부피였다.

"나, 저기에다 관상어 키워야겠어!"

'키워볼까?' 혹은 '키우고 싶어'가 아니라 결정 사항을 통보하는 어투였다.

"네? 유리 화병에 관상어를 넣어 키워요?"

생뚱맞은 착상과 급조된 결정에 황당했다. 평소 사소한 것이라도 즉흥적인 감정으로 결정하는 걸 싫어하는 남편이었다. 의미가 부여되고 필요성이 획득되면 그제야 움직이는 성향인데다, 오랜 조직 생활로 인해 주도면밀한 행동이 습관화된 터였다.

"웬 어항이에요? 화초든 관상어든 새든 집에서 가꾸고 키우는 거 당신 싫어하잖아요. 생전 안 하던 행동을 자꾸 하고…. 당신 요즘 이상한 거 알아요?"

시큰둥한 대꾸에도 남편은 반응 없이 어항만을 주목했다.

한때 아파트 베란다를 화원으로 꾸며 다양한 화초를 키우던 내게 남편은 충고했었다. 화초들도 생명인데 끝까지 책임지지 못할 것 같으면 함부로 들이지 말라고.

"영빈 엄마, 생명 다루는 거 쉬운 일 아냐. 제대로 된 준비도 없이 즉흥적인 감정으로 데려오는 건 생명에 대한 예의가 아닌 것 같아."

남편이 그렇게 충고한 건, 무엇이든 쉽게 싫증 내고 새로운 것을 찾는 내 성향을 잘 알기 때문이었다. 취미생활을 응원하지 않는 남편도 못마땅했지만, 사실 그즈음 나도 익숙해진 화초 가꾸기에 이미 시들해져 있었다. 브런치 모임의 한 언니가 소개해준 새로운 취미, 손재봉틀을 이용한 생활용품 만들기에 흥미를 갖기 시작한 터였다.

"아유, 사모님. 화초 가꾸기는 내 정서에나 도움 되지 남편 내조에는 전혀 도움 안 돼. 박 전무님 회사 임원들 부부 모임할 거잖아. 예쁜 앞치마나 감각적인 쿠션, 세련된 가방 같은 거 만들어서 임원 부인들에게 선물하면 얼마나 좋아하겠어? 그게 다 남편을 위한 거잖아."

그 언니 말마따나 소품 만들기는 내조에 도움이 될 것 같았다. 실효성 있는 취미라 마음에 쏙 들었다. 베란다에 맞춤 탁자와 손재봉틀을 들여놓고 작업을 시작하려던 차였다. 얼마 안 가 애써 키우던 화초를 지인들에게 나눠주며 남편 앞에서 손사래를 쳤다.

"나, 이제 화초 안 키워요. 도무지 실효성이 없어요."

남편의 우려를 현실로 만든 것 같아 지레 큰소리를 쳤다. 손바닥 뒤집듯 취미를 바꿔버린 나를 가만히 바라보던 남편이 한마디 했다.

"당신, 참 무정하네."

관상어를 키우겠단 남편의 말을 듣자마자 떠오른 건, 예전 친정아버지가 대형 수족관을 손수 제작해서 다양한 금붕어들을 키우던 기억이었다. 정성 들여 어항을 씻고 자주 깨끗한 물로 갈아줘도 얼마 안 가 이끼가 끼고 거품이 생기고 비린내를 풍겼다. 성능 좋은 산소 공급기를 들여놓아도 금붕어의 배설물이 부유하며 한정된 공간에 갇힌 생명체의 굴욕을 가감 없이 보여주었다. 부지런한 아버지가 관리해도 쉽게 더러워진 어항인데, 회사 일밖에 모르는 남편이 관상어를 키운다니 확신이 안 섰다.

"아냐, 여보. 나 꼭 키워볼 거야. 그러고 보니 나, 평생 한 번도 뭔가를 키워본 적이 없네."

고집을 피우는 남편이 황당했지만, 암묵적으로 동의할 수밖에 없었다. 한 달 전 회사의 인사 개편 이후 내내 달기가 없던 터라 차마 거절할 수 없었다.

"그래요, 그럼. 일생에 관상어 한번 키워보는 경험도 나쁘진 않겠죠. 대신 당신이 다 관리해야 해요. 난 실효성 없는 일에 관여 안 할 거예요."

내 대답이 채 끝나기도 전에 앞장서 성큼성큼, 수족관을 향하는 남편의 걸음에 힘이 실렸다. 한 달 만에 보는 생기였다.

인사 개편과 함께 자회사로 옮긴 후 남편은 무표정에 말수도 줄었다. 불과 한 달 전까지 국내 굴지의 S그룹 전무 겸 수원 사업장 공장장까지 겸임했던 남편은 삼십 년간 거침없는 진격의 길을 걸어왔다. 흡사 야전의 땅에 잠복한 전사처럼 긴장을 늦출 틈 없이 지내왔다.

아침 일곱 시 출근, 오후 네 시 퇴근이라는 '칠사제'였지만 새벽같이 출근해서 자정 가까이 근무하며 젊은 날을 보냈다. 가끔은 어린 시절 도덕 시간에 배운 '북한의 별 보기 운동'이 이런 거였을까, 씁쓸한 발상에 혼자 웃기도 했다. 하긴 뭐가 다를까 싶어 때로는 진심으로 남편이 안쓰러웠다. 일곱 시 출근 네 시 퇴근, 칠사제의 앞 숫자는 정확하게 지켜졌지만, 뒤 숫자가 지켜진 적은 한 번도 없었다. 새벽 다섯 시 반이면 어김없이 울려대던 알람 소리가 지긋지긋했다. 가끔은 함께 일어나지 못해 일곱 시쯤 눈을 떠보면 조용히 빠져나간 남편의 자리가 허허로웠다.

남편은 천성적으로 가정적인 사람이지만 여건상 아들 둘을 나 홀로 키워야 했다. 아이들 사춘기 때는 아빠의 자리를 비워두고 지방 근무에 몸을 던지며 주말부부로 칠 년을 지내기도 했다.

삼십 년 가까이 전념한 덕분인지 이 년 전 전무 진급과 함께 회사의 전략 프로젝트인 폴리 실리콘 개발 업무를 맡게 되었다. 회사 인근 숙소에서 생활하면서 불철주야 개발 상황을 점검하고 시스템에 문제라도 생기면 밤을 새워가며 원인을 추적했다. 초기에 성과가 꽤 있어서 팀 전체가 고무되었고 본사의 격려도 끊이지 않았다. 암암리에 사원들로부터 차기 사업부 부사장이자 차차기 사장으로 불렸지만, 개발이 진행될수록 생산기술의 난항과 신규 투자비 증가로 성과는 부실해졌다. 하필 그 시기에 중국에서 개발된 제품이 저렴하게 시장에 공급되자 경쟁이 안 됐다. 급기야 회사가 프로젝트를 전면 포기하면서 하루아침에 남편은 자회사 발령 통지서를 받았다. 연봉은 사분의일밖에 안 되고 직원 이십여 명을 관리하는 어설픈 사장 직책이었다.

"여보, 드디어 내가 가정으로 돌아왔네. 당신과 아이들에게 평생 미안했는데 이제야 좋은 남편과 아빠가 될 수 있겠어. 어쩌면 잘된 거지."

남편은 애써 승화하려 들었지만, 이미 아이들은 다 커서 독립했고 나는 동네 언니들과의 브런치 모임이 더 좋은 나이가 돼버렸다. 하지만 싫은 티를 그대로 드러낼 수는 없었다.

"그래요. 평생을 기다려 이제야 온전히 내 남편이 됐네요. 나, 영광인 줄 알아야겠죠?"

반어법적 어조를 눈치챘는지 남편은 그저 희미하게 웃었다.

전과 비교해 용돈벌이밖에 되지 않는 회사생활이지만 완전히 잘린 것보단 나았다. 육십도 못 채우고 세상 밖으로 튕겨 나갈 순 없었다. 남편은 아프지만 현실을 받아들인 사람처럼 행동했다. 아내에게 진 빚이라도 갚으려는 듯 부쩍 집안일에 신경 썼다. 가끔은 일찍 귀가해 손수 저녁 식사를 준비하기도 했다. 어느 날은 마트에 갔더니 싱싱한 게가 나왔더라며 직접 게장을 담그겠다고도 했다. 유튜브로 레시피를 하나하나 검색해가며 간장을 끓이는 남편의 모습에 어떻게 반응할지 난감했다. 가만히 있으면 안 될 것처럼 끊임없이 소소한 일을 찾고 만들고 시도했다.

남편은 마트 직원에게 삼 리터 내외 원형 어항에서도 죽지 않고 잘 자랄 수 있는 관상어를 추천해달라고 했다.

"아! 그렇게 작은 어항에서 키우시려고요? 고객님의 주문이 꽤 어려운데요."

고개를 갸우뚱하던 직원은 구라미를 키워보라고 권했다. 열대어는 온도조절기가 없으면 겨울에 쉬이 죽고 금붕어는 몸집이 커서 곤란하니 작은 어항에서도 견딜 수 있는 크기에다 온도변화에 영향을 덜 받는 구라미가 적격이라며 추천했다.

"저기 빨간 녀석, 저기 은빛 녀석, 그리고 저기 푸른 녀석!"

대형 수족관을 빠르게 헤엄치는 구라미들을 빨려들듯 바라보던 남편은 오른손 검지로 정확하게 세 마리를 가리켰다. 남편의 손가락 끝에서 구라미의 운명이 결정되었다. 관상어를 선택하는 남편의 손끝이 미세하게 떨린다고 느낀 건 착시였을지도 모른다. 긴장해 있는 게 분명했지만, 그저 처음 시도해보는 일 때문이려니 했다.

빨간색 등허리에 금빛 배와 지느러미를 가진 드워프 구라미 한 마리, 몸통 전체가 은빛으로만 채워진 네온 구라미 한 마리, 그리고 감청빛이 도는 블루마블 구라미 한 마리, 색이 다른 세 마리의 구라미가 남편의 관상어가 되었다.

직원이 걸망으로 차례차례 한 마리씩 건져 올리려는데 순순히 잡히는 드워프, 네온과는 달리 블루마블은 재빠르게 몸을 피하며 수초 속으로 사라져버렸다. 영리한데다 행동이 민첩해서 어디에 숨었는지 찾기조차 어려웠다.

"블루마블 녀석은 다른 구라미보다 속도가 아주 빨라요. 이 수족관에서 달리기 선수거든요. 그리고 엄청 많이 움직여요. 가만히 있지 못하는 녀석이에요. 요 녀석, 도대체 어디 숨은 거야?"

숙련된 직원도 어찌할 바를 몰라 범인을 추적하는 형사처럼 분주히 수초를 헤집었다. 분명 왼쪽 끝에서 사라졌는데 부근을 아무리 살펴도 보이지 않았다. 찾고 보니 수족관 오른쪽 가장자리, 비슷한 색의 구라미들 사이에 은밀히 몸을 숨기고 있었다.

"이 녀석이 자기 잡으려는 거 다 아니까 이래요. 얼마나 영리한지 몰라요."

걸망 대신 작은 뜰채를 유리 벽에 바짝 붙여서 건져 올리며 직원이 혼잣말처럼 중얼거리자, 남편은 의미심장한 눈으로 블루마블을 주목했다. 그리고는 혼잣말처럼 답했다.

"똑똑한 녀석이네요. 위기를 모면하려면 당연히 그래야죠. 하긴, 생명체라면 다 느끼는 본능일 테죠."

남편이 갑자기 자회사로 발령 난 당일 저녁, 오히려 화를 낸 건 나였다. 청춘을 바쳐놓고 버림받듯 쫓겨나는 게 옳은 일이냐며 무죄한 남편에게 따졌다. 남편이지만 남편이 아니었고 아빠지만 아빠가 아니었다. 그저 훌륭한 사원이었다. 아들 둘 낳아 키우면서 부부가 함께 살뜰히 아이를 씻겨본 적이 없었다. 내 아이를 씻겨야 할 시간에 남편은 회사와 연계된 복지원에서 원생들을 씻기는 봉사활동에 시간을 할애했다.

언젠가 둘째 아이가 감기 끝에 열 경기를 일으킨 적이 있었다. 병원에 다녀와서도 종일 앓던 아이는 저녁이 되자 열이 사십도 가까이 오르면서 부들부들 떨었다. 급히 응급실로 데려갔는데 남편에게 연락이 안 됐다. 열한 시가 가까워서야 응급실로 달려온 남편은 아이 발등에 꽂힌 링거 바늘에 눈동자가 흔들렸다.

"복지원에서 스무 명 넘는 아이들 목욕시켜주고 오는 길이야. 그룹의 사회봉사 프로젝트 수행하려고 팀 전체가 함께 간 거야."

아무도 묻지 않은 말에 혼자 답하며 남편은 자조했다.

삼십 년 이력을 반추할수록 속이 상했다. 죽을힘을 다해 결승점에 달려온 마라토너에게 넌 일등이 아니니까 박수받을 자격이 없다고 뒤통수를 맞는 것 같았다.

남편은 그날 밤 고심 끝에 사장님을 만나야겠다고 했다. 퇴사 전 마지막 프로젝트를 맡았을 때 남편에게 끝까지 운명을 함께 하자 했던 분이다. 그와 독대해서 자회사 발령 건에 대해 확실한 해명을 듣고 싶다고도 했다. 그때 남편의 눈에서 언뜻 일렁이는 불꽃의 환영을 본 것도 같다.

다음 날 자정이 넘어서야 창백한 얼굴로 돌아온 남편은 명치에 걸린 체기를 토해내듯 말했다.

“사장님 말로는, 회사의 사활이 걸린 일이라 어쩔 수 없었대. 사업개발 방향을 전면 수정해서 김 상무에게 프로젝트를 넘기려나 봐. 하긴, 누군가는 프로젝트를 성공시켜야 하는데 나에게만 맡겨놓으란 법은 없지. 김 상무가 잘 해낼 수도 있을 테고….”

남편은 고백 끝에 긴 한숨을 뱉어냈다.

자회사로 발령받은 그 시간, 기획 프로젝트는 전무로 승진한 김 상무에게로 넘겨졌다. 남편이 인사결정권이 있는 사장님에게 이번 발령이 무엇을 의미하는지 묻자, 오히려 힐난하더라고 했다. 코앞에 기술개발그룹 회장 자리를 바라보던 본인도 프로젝트 실패로 풍전등화의 처지가 됐다며, 왜 좀 잘

하지 못했냐고 반문했다고 한다. 남편의 기술개발 노하우를 신뢰한 게 자신의 오판이었다며 그나마 자회사에 남은 것도 본인 덕분이라고 항변하더라는 것이다.

낙담한 남편은 자회사 출근을 거절하겠다고 했다. 직원 이십여 명뿐인 곳에서 생산 숫자 보고서에 사인만 하면서 살기는 어려울 것 같다고, 누군들 허수아비 사장의 정체성을 모르겠냐며 웃었다. 전날까지도 남편의 등을 떠밀며 이대로 쫓겨날 거냐고 닦달했지만 막상 자회사까지 그만두겠다고 하자 덜컥 겁이 났다. 돈 문제를 떠나 실업자로 집 안에서 게장 담는 남편을 상상하는 건 끔찍했다. 나는 취미생활을 바꿀 때처럼 다시 남편을 종용했다.

"어디에서든 정년까지 버텨요."

형용할 수 없는 복잡미묘한 그늘이 남편의 얼굴에 짙게 드리웠다.

집에 도착하자마자 남편은 유리 화병을 깨끗이 씻었다. 돌아오는 차 안에서 잠깐 비닐봉지에 담겼던 세 마리의 구라미는 죽은 듯 조용했다. 갑작스러운 환경 변화에 상황 파악이 안 되는 건지 가슴지느러미만 조심스레 움직였다. 긴장이 서린 채로 최소한의 부유만 했다.

남편은 유리 화병에 수돗물을 반쯤 채우고는 비닐봉지에 담긴 수조 물과 관상어를 조심스레 부었다. 눈을 가느다랗게 뜨고 손가락으로 어항 높이의 절반 지점을 가늠하는 모습이 사뭇 진지했다. 직원이 일러준 대로 수조 물을 채우고 염소 제거제를 넣을 때는 흡사 거룩한 제의라도 준비하는 모양새였다. 직원의 말에서 한 숨결도 어긋나지 않으려 전전긍긍하는 모습이 일견 안쓰러웠다.

긴장으로 탈진한 것 같던 구라미들은 유리 화병에 부어지자마자 화들짝 놀라며 급하게 꼬리지느러미를 흔들었다. 또 한 번의 환경 변화에 물 공간을 배회했다.

남편이 장식장에 조심스레 올려둔 어항, 정확히 말해 원형 화병 안에서 구라미들은 미친 듯이 움직이기 시작했다. 좁은 원지름 안에서 지느러미를 힘차게 흔들며 앞으로 나아갈 수도 없고 빙글빙글 돌기도 어지럽고 위로 솟을 수도 없는, 고문 같은 폐쇄상황에 당황한 듯 보였다. 자유로웠던 거대 어항에서 비좁은 원형 어항으로 옮겨진 걸 믿지 못하는 모양이었다. 수초도 돌멩이도 산소발생기도 없는 삼 리터 어항 안에 보이는 거라곤 서로의 낯선 모습뿐일 터였다. 익숙한 환경에서 두 번이나 옮겨져 잔뜩 스트레스를 받은 데다 사방이 둥글어 서로의 모습이 실제보다 어마어마하게 커 보이는 환경에 신경이 날카로워진 것 같았다. 남편이 조금만 가까이 다가가도 놀라서 유선형의 몸을 반대로 틀며 원형 춤을 반복했다.

몇 시간이 흐르자 다행히 드워프와 네온은 위아래로 유유히 움직이면서 적응하는 모습을 보였지만, 블루마블만은 유독 불안정한 움직임을 계속했다. 직진하면 곧 닿게 되는 둥근 벽 때문인지 유난히 몸을 틀고 수면 위로 자주 입을 내밀었다. 벅찬 과호흡처럼 보였다.

"블루마블 이 녀석, 많이 힘든가 봐. 혹시 밀폐된 공간을 못 견디는 폐소공포증 아닐까?"

어항 앞을 지키던 남편은 심각한 표정으로 걱정했다.

드워프와 네온이 블루마블을 공격하는 건지 함께 놀자고 따라붙는 건지 알 수 없지만, 블루마블은 계속 쫓기며 도망 다니느라 바빴다. 갓 수감된 죄수가 험한 재소자들에게 집단 괴롭힘을 당하는 형국에 가까웠다. 겨우 삼 리터 공간 안에서도 힘의 서열은 존재하는가 싶었다. 빠른 속도로 달아나도 0.5초 안에 닿아버리는 둥근 벽과 자신을 따라붙는 동료 때문에 점점 지치는 듯했다. 발작하듯 둥글게 맴을 도는 동작을 반복했다. 지켜보던 나는 체념하듯 말했다.

"아유, 어차피 오늘 당신 손가락 끝에서 정해진 운명인데 블루마블이 적응해야죠, 안 그래요?"

관상어 세 마리에 눈을 꽂아두고 오후 내내 유리 화병 앞을 떠나지 않는 남편이 오히려 안쓰러웠다.

남편은 기술개발 벤치마킹으로 평생 전 세계를 누비고 다녔다. 비행기에서 혹은 낯선 해외 호텔에서 잠을 청하며 잔

뼈가 굵어진 사람이다.

“영빈 엄마, 여기 상파울루야. 잘 도착했어. 삼복더위에 출발했는데 여긴 춥네.”

“영빈 엄마, 여기 나이로비야. 잘 도착했어. 영빈이 현빈이 자고 있을 시간이네. 여긴 정말 너무 덥다.”

남반구를 덮은 다른 계절 속에 도착했다거나, 아프리카의 낯선 도시에서 잠든다거나 하는 전화에도 나는 점점 익숙해졌다. 마치 여기 홍대 앞이야, 여기 부산이야, 라고 말하는 것처럼 들렸다. 남편은 멀고 낯선 곳에도 언제나 거룩한 사명을 완수할 전사처럼 떠났고 어김없이 실적을 건져 올렸다. 퇴사 전 프로젝트를 담당했던 초기, 대표이사는 물론 사업장을 방문한 그룹 부회장으로부터 특별한 관심을 한 몸에 받았다. 칠 년간 주말부부 생활할 때도, 몇 달씩 해외 출장 가 있을 때도 주눅 들지 않던 남편이 근래 부쩍 초췌해 보이는 데다 활기마저 사라져 걱정이 앞섰다.

자회사 발령 후 이 주 정도 지난 무렵이었다. 저녁 설거지를 끝내고 먼저 산책길에 나선 남편을 서둘러 따라갔다. 힘차게 걷고 있을 거란 예상과 달리 아파트 벤치에 그린 듯 앉아 있었다. 축 처진 어깨가 안쓰러워 옆자리에 앉았다.

“우울해 보여요. 요즘 자회사에 적응이 안 돼요?”

굳이 고개를 돌리지 않아도 남편의 자조가 감지됐다. 한 남자에게 스민 쓸쓸함이 내 마음으로 전해져 왔다.

"영빈 엄마, 이렇게 말하면 어떻게 들릴지 모르겠지만…. 회사에서 할 일이 없어. 그냥 종일 앉아 있다 와. 시간이 너무 안 가서 미치겠어. 매일 똑같이 돌아가는 공장에 특별히 문제 생길 것도 없고. 아침에 송 과장에게 별일 없다는 보고 받는 게 일과의 전부야. 사무실에 CCTV를 설치해놓고 본사에서 나를 지켜보고 있을 것만 같아. 좁은 사무실이 너무 답답해."

어떡하든 정년까지 버티라고 말한 게 걸려 남편의 손을 잡아주었다. 세계를 내 집처럼 드나들며 큰 프로젝트를 수행하던 사람을 좁은 사무실에 가둬둔 것 같아 미안했다.

"여보, 오히려 잘됐네요. 평생 무리하면서 살았는데 이젠 좀 편안하게 일해요. 다른 사람들이 들으면 부럽다고 할 거예요. 무작정 쫓겨나는 가장들이 얼마나 많아요?"

어색해진 나는 남편에게 위로인지 강요인지 모를 몇 마디를 건넸다. 남편이 또 씁쓸하게 웃었다.

"그래, 그렇겠지? 언제까지 내가 무대의 주인공일 수는 없잖아. 영빈 엄마, 걱정하지 마. 그렇지 않아도 올라가는 것보다 내려오는 걸 잘해야 한다고 나를 세뇌하는 중이야."

나도 남편이 조기 퇴직하는 건 상상하기도 싫었다. 집에서 할 일 없이 웅크린 남자는 생각만으로 끔찍했다.

구라미를 데려온 다음 날 아침, 남편은 일어나자마자 관상어부터 챙겼다. 새벽 잠결에도 몇 번이나 거실로 오가는 걸 느꼈는데 아마도 드워프와 네온에게 쫓기는 블루마블을 걱정하면서 잠을 설친 것 같았다. 때아닌 관상어 사랑에 못마땅해 있는데,

"블루마블 어디 갔어? 당신이 옮겨뒀어? 응? 당신이 치웠냐고? 새벽까지 분명 화병 속에 있었는데!"

남편이 외치는 소리에 깜짝 놀랐다.

"무슨 소리예요? 내가 왜 치워요? 난 당신 관상어에 관심 1도 없다고요."

주방에서 토스트 굽던 손을 멈추고 그깟 관상어 하나 때문에 화까지 내나 싶어 언짢게 대꾸했다.

"블루마블이 없어! 이 녀석이 도대체 어딜 간 거야?"

남편의 말이 사실이라면, 유리 화병 속에 있어야 할 블루마블이 어디론가 사라졌단 뜻이었다.

"그럴 리가요! 옮긴 사람이 없는데 어떻게 사라져요?"

블루마블이 감쪽같이 사라졌다면 혹 드워프와 네온에게 잡아먹힌 건 아닐까, 순간 오싹한 상상으로 소름이 끼쳤다. 햄스터를 기르던 지인이 명절을 쇠느라 며칠 고향에 다녀와 보니 어미 햄스터가 새끼 두 마리를 잡아먹고 혼자 남았더라는 얘기가 떠올랐다.

참담한 얼굴로 장식장 주변을 살피던 남편이 급박하게 외쳤다.

"여기 있어! 여기 있다고! 블루마블이 여기 떨어져 있어!"

인덕션 불을 조절해놓고 달려가 보니 장식장 옆 거실 바닥에 떨어진 녀석이 가쁜 숨을 헐떡였다. 남편이 얼른 양손으로 잡아 올려 화병에 다시 넣어주었다. 그때 또 양손이 미세하게 떨고 있다고 느낀 건 거듭된 착시였을까. 추정컨대, 예민하고 민첩한 블루마블이 스트레스를 견디다 못해 수면 위로 뛰어올랐고 장식장 끄트머리에 놓인 화병에서 거실 바닥으로 추락한 듯했다.

대리석 바닥으로 떨어질 때의 충격은 치명타여서 멀쩡할 리 만무했다. 물속에 다시 들어가자마자 경기하듯 잠깐 부르르 떨던 블루마블은 천천히 바닥으로 가라앉았다.

"여보, 어떡하죠? 결국 죽으려나 봐요."

작은 생명체의 죽음이라도 직접 목격하는 게 좋을 리 없었다. 화초를 키우다 보면 순한 식물의 죽음도 께름칙했다. 햇살 가득한 남향 베란다에 하나둘 화초를 들여놓을 때는 좋았지만, 초록 빛을 발산하던 잎이 병들어 갈색으로 뚝, 뚝, 뚝, 떨어지는 광경은 섬뜩했다.

"함부로 말하지 마! 쉽게 안 죽어! 얼마나 강한 녀석인데! 행동도 민첩한데다 영리하잖아! 대형 수족관을 누비고 다니던 거, 당신도 봤잖아!"

남편은 벌컥 역정부터 냈다. 구라미의 죽음을 애써 부인하려 들었다. 반응을 염려하며 블루마블을 지켜보는데 녀석은 어느 결엔가 미동을 보이더니 서서히 가슴지느러미를 움직이기 시작했다. 기진한 몸이지만 분명히 살아 있었다.

"살았다! 살았다! 블루마블이 살았어!"

남편은 기적이라도 본 듯 소리쳤다. 미물에 지나치게 몰입한 남편이 낯설었지만 죽은 구라미를 치우지 않아도 되니 내심 다행이다 싶었다. 좁은 환경 탓이 분명해 보였다. 유리 화병에 넣어 관상어를 기르려던 욕심이 학대인지도 모르겠단 생각이 퍼뜩 들었다.

"여보, 유리 화병이 스트레스가 된 게 분명해요. 차라리 넓은 통에 블루마블만 따로 넣어줘 봐요."

귀찮은 일을 예방하려고 남편에게 얼른 충고했다.

"안 돼! 안 된다고! 그러면 안 돼!"

필요 이상으로 강한 항변이 의아해 새삼 남편의 상기된 얼굴을 쳐다봤다.

"블루마블 이 녀석, 여기서 살아남지 못하면 어디서도 살아낼 수 없어! 이 녀석은 꼭 여기서 살아남아야 해!"

억지 부리는 남편 눈에 개연성 없는 광채가 돋았다. 구라미와 화병에 집착하는 모습이 꼭 신경증에라도 걸린 사람 같았다.

자회사로 옮긴 후 남편은 부쩍 요리에 의욕을 보였다. 평생에 하고 싶다던 남편 노릇을 제대로 해보려는 것 같았다.

이미 취업과 유학으로 독립한 아이들에게 좋은 아빠가 될 기회는 잃어버렸지만 좋은 남편이라도 돼보려고 애쓰는 듯했다.

"아들 녀석들 다 자라버려서 목욕시켜줄 순 없지만, 당신을 위해 요리는 해줄 수 있어."

남편 말대로라면 내게 삼십 년 만에 찾아온 행복인데 이상하게 생뚱맞았다. 피서객들이 다 떠나버린 늦여름 해안가에 수영복을 입고 서 있는 느낌과 흡사했다. 펄펄 끓는 더위도, 인파의 흥분도 다 사라진 바닷가에 뒤늦게 도착한 민망한 피서객과 다를 바 없었다.

남편은 함께 드라마를 시청하다가도 감성에 젖곤 했다. 젊은 시절의 남편에게서 느낄 수 없었던 면모다. 내심 보기 싫었던 나는 매몰차게 응수했다.

"당신, 저 장면이 그렇게 슬퍼요? 난 아무 느낌 없는데? 저 주인공은 다 가졌잖아요. 세상에 저 정도 안 힘든 사람도 있어요?"

남편이 보이는 감성과 반비례해 내 감성은 점점 말라가는 중이다.

"저 주인공 인생도 알고 보면 가엾잖아. 누구나 겪는 일이라고 생각하면… 모든 인생이 다 가여워."

호흡기 표피에 살짝 스며든 감기 바이러스처럼 가벼운 우울감이 깃든 것이 보기 싫었다. 누구보다 열심히 살았고, 인

정도 받았고, 상응하는 연봉도 누렸고, 노후의 여유도 준비됐고, 아이들도 잘 컸고, 부부의 정 또한 변한 게 없는데 이런 우울감은 어울리지 않았다. 구질구질한 갱년기 증세에서 속히 벗어나길 바랄 뿐이다.

결국 블루마블 구라미는 죽었다. 역시 좁은 유리 화병은 회생의 공간이 될 수 없었나 보다. 얼마 버티지 못하고 생명줄을 완전히 놓아버렸다. 남편이 자기 방식으로 끝까지 지켜주려 했지만 밤사이 삶의 경계선을 넘었다. 산소 공급기라도 달아놓았다면 죽지 않았을까, 새삼 뒤늦은 후회가 남는다. 제대로 된 준비 없이 즉흥적인 감정으로 데려온 건 생명에 대한 예의가 아니었다. 어느 날 갑자기 넓은 수족관에서 좁은 유리 화병으로 옮겨온 건 학대와 다를 바 없었다.

남편이 사표를 쓰겠다고 선언하고 나가버린 현관문만 바라보다 거실로 돌아왔다. 블루마블 사체를 조심스레 뜰채로 들어 올려 깨끗한 비닐봉지에 담았다. 고개를 돌린 채 얼굴을 찡그려가며 건져 올렸지만, 남편에게 처리해 달라고 부탁할 수는 없었다. 복잡한 마음으로 소파에 앉는데 핸드폰에 문자 도착 음이 울렸다. 남편이 보낸 문자였다.

이대로 있다간 나도 죽을 것 같아. 숨이 막혀. 갇혀서는 못 살겠어. 죽지 않기 위해 사표 쓰는 거야. 영빈 엄마, 이해해 줘.

일방적으로 내린 결정이 미안하다거나, 즉흥적으로 뱉은 말이니 다시 차분히 생각해보겠단 내용일 줄 알았는데 아니었다.

울적한 마음으로 새삼 어항으로 변신한 유리 화병을 자세히 들여다봤다. 빨간색 드워프는 시치미를 뗀 채 유유히 물 공간을 누볐다. 뜻밖에 은색 네온은 구석 자리에서 가슴지느러미만 간신히 움직였다. 이상한 느낌이 들어 그간 남편이 챙겨주던 먹이를 수면 위에 뿌려봤다. 드워프는 즉각 반응을 보이며 힘껏 솟구쳐 올라서는 먹이를 선점했다. 빠른 속도로 좁쌀 크기의 먹이를 흡입했다. 아가미가 바쁘게 움직였다. 흡사 진공청소기 같았다. 반면 아래쪽에 있던 네온은 물에 녹아 흘러내리는 몇 알만을 도둑질하듯 조심스레 입에 넣었다.

블루마블이 떠난 자리에 새로운 약자가 생겨난 장면을 목도하며 남편에게 답 문자를 전송했다.

그래요, 여보.
오늘만이라도 당신 마음이 시키는 대로 해요.
당신 마음대로 해보는 데 삼십 년이나 걸렸잖아요.
오늘 우리 같이 마트 가서 큰 어항 하나 살까요? 구라미들 옮겨주게요.

봄날의 아가다

찰칵.

순교성지를 향해 걸어가는 소녀들의 뒷모습이 카메라에 담기는 순간이다. 앵글 속 소녀들의 발걸음은 봄바람처럼 가볍고, 부푼 웃음소리는 햇살 아래 반짝인다. 배경에는 저만치 오르막길 위로 오래된 성당이 서 있다. 선혜는 셔터를 눌러놓고도 신기한 듯 앵글에서 눈을 떼지 못했다. 흔한 스냅사진 속에서 처음으로 열다섯 살 소녀들의 나이가 보였다. 이런 웃음은 처음 봐, 잃어버린 귀한 물건을 우연히 서랍 뒤에서 발견한 것처럼 감탄했다.

"왜 하필 여기로 나들이 온 걸까? 여긴 그냥 성당이잖아."

"성당이면 어때? 나들이 왔으면 됐지. 묻지도 따지지도 마."

"아! 어디든 좋아."

참새처럼 쫑알거리는 것도 공부방에서 볼 수 없던 모습이다. 소녀들은 수업 시간 무기력하게 앉아 있거나 졸기 일쑤였다. 토요일 오후, 겨우 서너 시간 외출에 들뜬 모습이 오히려 안쓰럽다.

오르막길 끝에 선 언양성당은 사춘기 소녀들을 안을 듯 넉넉한 품을 열어 보였다. 돌옷을 입은 몸체가 견고하고 소박하다. 오래된 고딕식 탑을 바라보던 선혜는 시간의 향기에 문득 아련해졌다. 언젠가 고서점 구석에 앉아 맡았던 책 향기처럼 깊다. 오늘은 시간의 향기를 타고 나비처럼 사뿐히 날아오를 것도 같다. 뜰에 핀 배추꽃으로 날아가 피곤한 날개를 접고 오래도록 햇볕만 쬐고 싶었다.

공부방 소녀들을 데리고 꼭 한번 언양성당에 가야겠다고, 24번 국도를 오갈 때마다 생각했다. 오래된 것들의 향기를 맡으며 느린 시간 안에 머물고 싶었지만, 분주한 일상에 파묻혀 지냈다. 성당 주변에 고여 있는 시간 안에서는 그저 가만히만 있어도 충분할 것 같았다.

지난 1월 선혜는 구청의 계약직 복지사로 채용되어 극빈 가정 청소년을 위한 공부방 돌보미로 일해왔다. 세 명의 여중생에게 국어와 수학 기초를 가르치고 방과 후 학업을 돕는 게 업무였다.

첫 수학 시간, 소녀들은 모눈종이에 좌표도 그릴 줄 몰랐다.

"애들아, 좌표는 직선과 평면, 공간에서 점의 위치를 나타내기 위해 사용하는 값을 말한단다. 보통 평면에서는 x축과 y축을 사용해서 점의 위치를 x, y로 표현해."

외계어를 듣듯 나연이는 게슴츠레 눈이 감기는 중이었고 서현이는 쓸데없이 입맛만 다셨다. 비교적 똘똘한 수인이도 뺨이 불룩하도록 입에 바람만 넣고 있었다.

"자, 생각해보렴. 지금은 1월 5일 저녁 다섯 시야. 그리고 이곳은 청소년 공부방이고. 이 시간과 이 공간 위에 너희들이 앉아 있는 거야. 그게 너희들의 현재 좌표인 거지. 이런 낱낱의 좌표가 모이고 모이면 인생이 되는 거란다."

소녀들은 알듯 말듯 잠깐 고개를 갸우뚱하다가 이내 시무룩해졌다.

"선생님, 그렇담 다음 좌표는 진짜 싫어요. 저녁밥 하고 있을 테니까. 집 가는 길에 소주 한 병도 사야 해요. 아빠가 꼭 사 오랬어요."

나연이 입에서 흘러나온 푸념에 선혜는 망연해졌다. 손톱을 물어뜯어 성한 곳이 없는 열 손가락이 푸념보다 더 명징했다. 소녀들의 현재 좌표는, 장기 가출 상태인 엄마를 대신해 살림을 꾸리면서 무책임한 아버지와 무기력한 형제들을 돌봐야 하는 집이었다.

"이봐, 선생. 저녁밥도 해야 하고 동생들도 챙겨야 하는 애를 뭐, 체험학습 데려간다고?"

소녀들의 주민등록상 보호자인 아버지들은 하나같이 언짢

아했다. 어린 딸이 책무를 게을리하는 것처럼 벌컥 역정을 냈다. 핸드폰 너머 목구멍까지 아슬아슬하게 차오른 욕설을 감지했을 때 선혜는 잠깐 후회했다. 소녀들의 좌표를 옮겨보려는 무모한 짓을 했다고.

아이들의 성정이 유순해 더 마음이 쓰였다. 묵묵히 스트레스를 참아가며 버거운 역할을 감내하는 심리가 불안했다. 언젠가 팽창한 풍선처럼 터져버리고 말 것이 자명해 보였다.

"왜 하필 신부님은 조선으로 왔을까? 프랑스 사람이면 우리나라 말도 못 했을 텐데."

안내문을 읽던 서현이가 궁금한지 혼잣말로 자문한다. 성당 입구 안내 표지판에는 파리 외방전교회 출신 신부 '에밀 보드뱅'에 의해 울산 최초로 설립된 성당이라고 기록해놓았다. 오십 년 가까이 한국 땅에서 사목하면서 빈민 구제에 헌신했다는 프랑스 사제. 작은 흉상으로 남은 그의 얼굴은 고뇌로 가득해 보인다.

이 땅에 와야만 했던 사람이 왜 하필 그인지, 그는 누구의 소중한 아들이었고 누구의 가슴에 새겨진 연인이었는지, 어떻게 유라시아 대륙 동쪽 끝까지 오게 되었는지, 그의 운명 어디에 언양 땅이 숨어 있었는지…. 아득한 시공간을 가늠하던 선혜는 이상하게 목이 메었다. 안락한 일상을 버리고 더 위대한 세상을 보고 싶었던 한 남자의 생애가 초라한 흉상으로 남은 사실이 마음을 저민다.

소녀들이 가위바위보 놀이로 폴싹거리는 계단에서 선혜는 걸음을 멈추고 뒤를 돌아봤다. 낮은 언덕 아래로 언양 읍내가 한눈에 들어온다. 한국 천주교 이백 년 신앙 역사를 간직한 읍내는 조용하고 평화로워 보였다. 읍내를 두른 간월산이 눈물 머금은 성자처럼 다가왔다. 박해를 피해 신도들이 은거했다는 공소 안에 얼마나 많은 사연이 숨겨져 있을까 싶어 울컥, 목이 멘다. 풍경 속에 문득 창현의 슬픈 눈이 비껴갔다. 선혜는 연상을 떨쳐내듯 조용히 눈을 감았다.

박해 역사를 알 리 없는 소녀들의 웃음소리가 까르르, 본당 앞에서도 터져 나왔다. 투명한 햇살이 머리 위에서 반짝인다.

“쉿! 얘들아. 조용히 하렴. 여긴 미사를 드리는 본당이야.”

입술 한가운데 검지를 댄 선혜가 속삭였다. 순간 어깨를 움찔하던 소녀들은 이내 재미있다는 듯 키득키득 웃는다. 두꺼운 갈색 나무 문을 조심스레 열자 두 줄로 배치된 예배석과 단정한 제단이 나타났다. 가톨릭 신자가 아닌 선혜가 본당에 발을 들여놓지 못하고 머뭇거리는데 수인이 얼른 안으로 들어가 예배석에 앉았다. 언양성당 신도인 양 얌전히 앉아서 기도한다.

“일요일에는 가끔 성당 나가요. 유치원 다닐 때 엄마랑 열심히 다녔거든요. 집 나가기 전에 엄마는 아빠랑 싸운 뒤면 꼭 성당에 갔어요. 위로받고 싶었나 봐요."

공부방 첫 만남에서 가족을 소개하던 수인이의 말이 떠올랐다. 그날, 가출한 엄마가 그리웠는지 창밖으로 시선을 돌린 수인이의 손목엔 오래된 갈색 묵주가 둘러져 있었다. 조잡한 무늬가 군데군데 벗겨진 묵주에는 눅눅하고 버거운 시간이 묻어 있었다.

친구들이 뒤에서 놀리는 것도 아랑곳하지 않고, 말괄량이 모습을 잊어버린 듯 기도하는 수인이의 뒷모습이 단아하다.

"왜 하필 나는 우리 엄마 딸로 태어났을까요? 어차피 같이 살지도 못할 텐데요."

엄마가 보고 싶다고 선혜에게 처음 진심을 꺼내놓은 날, 수인이는 그리움을 반어적으로 표현했다. 초등학교 일학년 때 엄마가 집을 나간 후, 게임중독인 아버지와 두 살 위 오빠의 뒷바라지는 물론 밥짓기, 설거지, 빨래 등 모든 살림을 맡고 있다는 소녀의 손은 거칠었다. 어느 날 아버지가 바람처럼 데려온 여자에게 엄마라 부르라 했고, 여자는 연년생으로 두 아들을 낳은 후 다시 바람처럼 사라져버렸다고 한다. 여자가 집으로 들어온 것도 집을 나간 것도 꿈만 같더라며 수인이는 중년 여인처럼 말했다. 두 아이의 엄마 노릇까지 하며 동생들을 어린이집에 맡긴 후 등교하고 있었다.

선혜는 수인이가 아픔을 눈으로 흡수한 소녀란 걸 처음엔 짐작조차 못 했다. 첫날 공부방 방장을 자원하겠다며 손을 번쩍 드는가 하면 작은 농담에도 덧니를 활짝 드러내며 웃었다. 부모의 지원이 없어 학습 능력은 부족해도 밝은 인성이 돋보였는데 3월이 되어서야 수인이의 붉은 홍채가 보이기 시작했다.

"수인아, 힘들지?"

"에이, 사람 사는 게 다 그렇죠, 뭐. 내 좌표 중에 힘들지 않은 날은 없었으니까 그냥 그러려니 해요."

좌표를 응용해 어른처럼 반응하는 말에는 긍정을 가장한 체념이 묻어났다. 드문드문 일을 나가는 일용직 아버지는 방안에 틀어박혀 게임만 하고, 오빠는 핸드폰만 만지고, 연년생의 어린 동생들은 이런저런 요구가 많은데, 끝이 없는 집안일에 수인이는 공부방에서 졸기 일쑤였다.

소녀의 홍채가 붉어질 때는 조마조마했다. 최대치로 팽창해 곧 터지려는 풍선을 만지는 것 같았다. 공부방 뜰에 장미가 핀 날, 선혜는 그간 망설이던 말을 건넸다.

"수인아, 창밖을 봐. 봄이야. 우리, 같이 꽃 보러 갈래?"

"선혜 씨, 창밖을 보세요. 봄입니다. 우리, 같이 꽃 보러 갈래요?"

창현은 어렵게 보내온 편지 서두에서 함께 꽃을 보러 가자고 했다. 한마디를 전하기 위해 그가 망설였을 시간이 행간에 숨어 있었다.

삼 년 전 창현을 처음 만났을 때, 선혜는 그의 홍채에 스민 통증을 한눈에 알아봤다. 복지사 일을 하면서 무수히 만나온 통증 보유자들과 닮은 눈이었다. 완치 확률은 거의 없어 보였다.

자살예방센터에서 행정단위 복지사를 대상으로 생명지킴이 연수가 있던 날, 창현은 선혜가 속한 팀의 강사로 배정되었다. 이틀 연속 마라톤 강의를 듣는 내내 그의 편안한 미소와 맑은 눈, 중저음의 목소리에서 익숙함을 느꼈다. 어디서 만난 사람인지 기억을 더듬었지만, 퍼즐은 맞춰지지 않았다. 어디서 봤든 그를 가까이하고 싶지 않았다.

그런데도 창현의 눈은 정말 아름다웠다. 그의 눈을 열고 들어가면 세상에서 가장 깨끗한 영혼이 숨 쉬고 있을 것만 같았다.

"사람들은 자살하기 직전에 가장 살고 싶어 한다는 거 아십니까? 정말 살고 싶었던 사람이 죽기 직전에 느끼는 그 절박함이 저를 움직이게 하는 힘입니다. 저는 평생을 자살 예방에 쏟으려고 합니다."

강박적으로 자기암시를 반복하는 창현의 강의가 선혜에겐 좌표 그리기처럼 난해했다. 캠페인 문구를 일상어로 사용하는 감성적 말투가 거슬렸다. 강의를 듣는 내내 자주 눈을 감곤 했다. 차라리 그의 깨끗한 얼굴을 보지 않는다면 끌리는 감정을 차단할 수 있을 것 같았다.

"저는 한때 가톨릭 신부였습니다. 사랑하는 어머니가 우울증을 앓다가 결국 자살하는 것도 몰랐던 부족한 사제였지요."

두 번째 강의 시간, 고해성사처럼 자기 얘기를 쏟아낼 때 창현의 홍채는 붉어졌다. 천직으로 알았던 사제직이 결국 무력한 자리라는 사실에 절망한 그는, 수백 번의 기도보다 한 번의 강의가 생명 살리기에 더 가깝다는 결론을 얻었다고 했다. 서품받은 후 오 년간의 사역을 내려놓고 자살예방센터 강사로 들어와 일한다는 그의 소명은 아프리카 오지로 떠난 슈바이처 박사의 일대기만큼 아득해 보였다.

"왜 하필 내 어머니가 죽음을 택했을까 자문하다가 죽음 직전 얼마나 살고 싶었을까, 라는 질문에 도달하면 숨쉬기가 힘들었습니다."

선혜는 얼굴에 와닿는 창현의 시선을 피하면서도 고장 난 것처럼 두근거리는 심장이 의아했다. 귀까지 울려오는 심장 소리는 불치병의 전조 같아 서늘했다.

"왜 하필 그날 선혜 씨가 바로 앞에 앉았을까요? 운명이라 말하면 우답이겠죠. 선혜 씨 눈은 모든 걸 이해하는 것처럼 보였습니다."

프러포즈하는 순간에도 창현은 뜬구름 같았다. 자신의 소명을 막아서지 않을 여자로 보였던 건지도 모른다.

원거리 출장 교육을 마치고 돌아온 창현의 몸에서는 항상 단내가 났다. 몸은 임계치를 초과했는데 눈동자에는 미완의 강박이 서려 있었다. 과도한 몰입이 위험해 보였다. 자살시도자로부터 새벽 두세 시경 전화를 받고 달려 나가는 일도 허다했다. 그는 내담자가 된 이들에게 연락처를 주면서 자살의 유혹이 오면 언제든 전화하라는 당부를 잊지 않았다. 사람을 붙들고 설득하다 돌아온 창현의 얼굴은 밀랍 같았다.

"그 사람, 아침이 돼서야 마음을 돌이켰어요. 그래도 살아보겠다고 답해주니 얼마나 고맙던지. 따뜻한 국밥 한 그릇 사 먹이고 돌아오는 길이예요."

세수하고 바로 출근을 준비하는 창현의 등 뒤에서 선혜는 아무 말 하지 않았다. 결혼해 그와 삼 년을 함께 살면서 무수한 말을 삼킨 건, 어머니의 고통조차 몰라봤던 그의 자책 때문이었다. 그런데도 최대치로 팽창한 풍선이 곧 터져 버릴 것 같아 불안했다. 선혜는 내내 같은 생각만 되뇌었다. 남편의 입에 습관처럼 담겼던 말을 왜 한 번도 말리지 못했는지.

"지금 가봐야 해요. 생명이 달린 문제니까 피곤한 건 아무래도 괜찮아요."

"집에 있어야 해요. 나 없으면 가족들이 저녁 굶어요. 피곤해도 괜찮아요."

봄나들이 가자고 했을 때 즉답하는 수인이는 담담해 보였다. 하루쯤 아빠에게 식사와 동생 돌보는 일을 맡기라고 해도 고개를 저었다.

"아빠는 게임 시작하면 가족이 아파도 몰라요. 굶으면 굶었지 게임은 중간에 절대 포기 못 할걸요."

지나치게 담담해서 선혜는 아득해졌다. 네가 가족을 잘못 길들이는 건 아니냐고 반문했을 때 수인이는 어렵사리 내밀한 사정을 털어놓았다.

"동생이 아파 열이 펄펄 났을 때도 아빠는 게임에 빠져서 네가 알아서 병원 데려가라며 화를 냈어요."

"그럼 다 같이 굶으라고 해!"

격분한 선생을 향해 수인이는 씩 웃었다. 오히려 선혜를 위로하려는 듯 손을 잡았다. 잡힌 손에 낡은 묵주의 매끈한 결이 스쳤다. 한참 침묵이 흐른 후에야 친엄마도 새엄마도 아빠의 태도 때문에 떠났다고, 어떤 극약처방도 아빠에겐 통하지 않는다고, 피할 방법이 있다면 오직 자신이 집을 나가는 것뿐이라고 했다.

"선생님, 그런데 나까지 가출할 순 없잖아요…. 어떻게 집을 나가요."

수인이의 홍채가 다시 붉어졌다. 마음 같아선 그따위 집 차라리 나가버리라고, 쉼터인들 그곳만 못하겠냐고 설득하고 싶었지만, 소녀의 순한 답에 격한 말을 삼켰다. 대신 마흔

살은 돼 보이는 열다섯 살의 손을 잡고 무조건 봄나들이 가자고 약속했다.

무엇을 기도하는지 본당에서 오 분 넘게 꼼짝하지 않고 고개를 숙인 수인의 뒷모습이 간절하다. 선혜는 소녀의 진지한 태도에 마음이 쓰였다.

“도대체 수인이 재, 지금 뭐 한대?”

“보면 모르겠냐? 수행 중이야 수행 중. 안 어울리게 기도라니.”

키득키득 웃으며 친구를 놀려대는 나연이와 서현이. 마침내 기도를 마친 수인이가 천천히 성호를 긋고 뒤를 돌아본다. 미소 띤 얼굴이 환하게 빛난다.

그날 새벽 미사를 마친 창현의 얼굴은 환하게 빛났다. 선한 열정으로 피곤의 궁극에 이른 사람만 누릴 수 있는 위태로운 평안이 그의 홍채에 일렁였다. 갈 길이 바쁘다며 아침도 거르고 집을 나서는 그의 뒷모습은 적요해 보였다. 제발, 오늘도 무사히…. 선혜는 한 번도 해본 적 없는 기도를 입술로만 읊조렸다.

예감은 적중했다. 창현은 뇌출혈로 쓰러진 후 일 년 가까이 투병하는 중환자가 돼버렸다. 춘천교육청에서 출장 강의를 마치고 나오던 그는 한순간에 쓰러졌다. 터진 혈관은 혹사해온 팔다리를 복수하듯 옭아매고 놓아주지 않았다. 그저 코에 꽂은 줄에 의지해 미음을 넘기면서 연명하는 중이다.

선혜 눈에 창현의 육체는 고장 난 인형처럼 보잘것없어 보였다. 그런가 하면 때론 자살 예방에 몸을 던진 순교자처럼 숭고해 보이기도 했다. 다만 그 어리석은 순교자가 왜 하필 자신의 남편이어야 하는지 답 없는 자문을 반복했다.

"선혜야, 어떻게 이런 일이…."

친구들은 아무 말 못 하고 울기만 했다. 처음부터 결혼을 반대한 친구들이다. 혼인미사 며칠 전, 한 카페에서 친구들을 만난 창현은 줄곧 자신의 소명 얘기만 했다. 친구들은 하나같이 그가 세속에 속한 사람이 아닌 것 같다고 조언했다. 일하고, 먹고, 입고, 토닥토닥 말다툼하고, 아이 낳아 키우고, 내 집 마련하며 살 사람이 아니라며 둘의 미래를 의심했다.

창현이 쓰러진 후 코 줄에 미음을 넣어주고 몸을 닦아주고 욕창 방지를 위해 자세를 바꿔주면서 버텼다. 그가 중환자실로 옮겨졌을 때 통장 잔고는 제로가 돼버렸다. 센터에 연락해 산재 처리를 의논했지만, 담당자는 근거가 부족하다고 말했다. 창현의 열정은 모눈종이 위에 좌표를 그릴 수 있는 x나 y가 아닌 듯했다.

마이너스 통장을 개설한 지난 1월, 계약직 일자리를 찾아 나서면서 선혜는 영혼 따위에 걸었던 선택을 처음으로 후회했다. 오전 타임엔 마트 카운터로, 오후와 저녁 타임엔 공부방 복지사로 일자리를 얻었다.

출근하려고 세수하고 거울을 보는데 어느새 자신의 홍채도 붉어진 것 같아 덜컥 겁이 났다. 수업용으로 준비해둔 모눈종이의 촘촘한 푸른색 직선들을 한참 들여다보았다. 좌표를 찾을 수 없었다. 딸아이의 양육비와 남편의 입원비를 마련하기 위해 뛰어든 세상이 자신의 좌표 같긴 한데 어디쯤 그려야 할지 난감했다. 모눈종이 위에 좌표도 그릴 줄 모르는 학습부진아였구나 싶어 탄식이 신음처럼 흘러나왔다.

어린이집에서 종일 엄마를 기다리다 까무룩 잠든 딸아이를 업고 집으로 돌아가면서 선혜는 매일 후회했다. 창현의 좌표 위에 자신을 올려놓는 게 아니었다고.

'왜 하필 내 남편이에요? 자살과 예방이라는 모순덩어리 x축과 y축을 그려보려다 쓰러진 남자가.'

온 우주를 덮고 있는 청자에게 반항하듯 소리치고 싶었다. 마음먹고 그의 좌표로 뛰어든 불행과 전투하듯 살아갈 자신이 없었다. 모눈종이 한 칸도 움직일 수 없다는 사실이 버거웠다.

"헐, 여긴 그냥 가정집 같은데 어떻게 전시관이 됐을까요?"

본당 건너 신앙유물전시관으로 들어서며 나연이가 고개를 갸웃거린다. 호기심에 던진 소녀의 질문이 선혜에겐 거대한 화두처럼 다가왔다. 조곤조곤 자신에게 타이르듯 답했다.

"글쎄…. 가정집처럼 따뜻한 무언가가 이곳에 있겠지."

소박한 맞배지붕이 정겹다. 아늑한 실내에는 박해 시대 기록물과 신도들이 사용했던 기도서와 교리서, 필사본 성서와 제구들이 가지런히 전시되어 있다. 신기한지 소녀들의 눈이 동그래진다. 관헌들을 피해 산속으로 피신하느라 여러 번 매장됐다는 '은혜 성모상'이 눈길을 끈다. 은닉과 피신의 급박한 숨소리가 들리는 듯해 선혜의 시선은 한참 성모상에 머물렀다.

"말도 안 돼! 낡아버린 말구유는 왜 갖다 놓은 거야? 여기가 마구간도 아닌데."

"에구, 설명문 좀 읽어 봐. 쌀 불리는 데 썼다고 적혀 있잖아, 크크"

"혹시 난독증? 호호."

소녀들은 구유 앞에서도 아옹다옹 말씨름이다. 은신처 죽림굴 안에서 행각이 탄로 날까 두려워 불을 피울 수 없었던 신자들이 물 담은 구유에 쌀을 넣어 불려 먹었다고 설명해놓았다. 문득 선혜의 귀에, 어두운 동굴 안에서 생쌀 씹는 소리가 환청처럼 들려오는 듯하다.

"얘들아, 볼품없는 말구유도 의미 있게 사용되면 이렇게 귀한 물건이 되는 거란다. 어떻게 생겼느냐보다는 어떻게 쓰이느냐가 훨씬 중요하겠지?"

"겨우 쌀 불리는 데 사용된 게 귀하게 쓰인 거예요?"

수인이가 믿을 수 없다는 듯 반문한다.

"왜냐하면 수인아, 구유가 사람을 살렸으니까! 생명을 지켰으니까!"

선혜는 또 목이 메었다. 소녀들도 그녀의 감정선을 따라 잠깐 진지한 얼굴이 된다.

나무 계단을 밟고 2층으로 오르는데, 시간을 거슬러 유년의 다락방으로 숨어든 기분이다. 나연이와 서현이는 계단참에 나 있는 작은 창으로 바깥뜰을 기웃거렸고 수인이는 다락방이 숨겨둔 비밀 상자 같다며 웃었다.

"와, 신기해요. 저건 무슨 그림이에요?"

다락방 벽을 빙 둘러 채운 초상화를 보며 소녀들이 감탄했다. 다가가 보니 언양지역에서 활동한 순교성인들이다. 신부 김대건, 신부 최양업, 순교자 김영제, 동정 순교자 김 아가다 초상들이 차례로 순례객의 눈에 들어왔다. 신유박해, 기해박해, 병오박해, 경신박해…. 역사 속 박해사건들과 순교자의 일대기가 차례대로 설명돼 있다.

수인이 말대로 다락방이 커다란 비밀 상자처럼 여겨져 선혜는 새삼 손바닥으로 낡은 벽면을 어루만졌다. 그들이 살아내야 했던 시대가 왜 하필 박해 시대였을까 궁구하는데 홍채가 점점 뜨거워진다. 살아남으려면 신을 배신해야 하고, 신을 배신하면 더 아프게 살아야 하는, 단 한 칸도 옮겨갈 수 없었던 그들의 좌표에 먹먹해진다.

선혜는 다락방 작은 봉창을 통해 바깥 풍경을 살폈다. 전시관을 훑기만 하고 먼저 내려간 나연이와 서현이는 마당에 핀 장미 앞에 서 있다. 양 볼에 바람을 가득 넣고 손가락으로 브이 자를 만든 채 사진 찍기에 열중해 있다. 자기 얼굴을 확인하고는 사진 찍은 친구에게 화도 내고 타박도 한다. 지우라며 티격태격하다가 까르르, 터진 웃음꽃망울이 장미만큼 화사하다. 웃음소리를 따라 선혜도 끌리듯 마당으로 내려왔다.

한참 기다려도 한 소녀만 내려오지 않는다. 바로 뒤따라 내려올 줄 알았는데 이십여 분이나 지났다. 기다리다 못한 선혜가 다시 다락방으로 올라보니 수인이가 하나의 초상화 앞에 우두커니 서 있다. 뒷모습이 본당에서 기도할 때처럼 진지하다.

"수인아, 뭐 보고 있어?"

선혜가 다가가도 수인이는 초상화에서 눈을 떼지 않는다. 소녀의 시선을 붙들고 있는 건 '동정 순교자 김 아가다' 초상이다. 홍채에 이미 눈물을 머금은 수인이에게 선혜는 무슨 말인가를 하려다 그만두고 아가다의 초상으로 시선을 옮겼다.

「동정 순교자 김 아가다(1836-1860)」

생몰 연대만 봐도 안타까운 인생이다. 이름 머리에 붙은 동정 순교자란 관형어도 안쓰럽다. 언양지역 첫 신자 김교희 프란체스코의 손녀로 경신박해가 일어나자 가족과 함께 간월산 공소로 피신했고… 아버지 김상은 야고보와 오빠 김영제 베드로가 잡혀가자 뒤를 따르고자 자진 체포되어 고문을 당했으며… 노비로 팔아넘기려는 포졸에게서 탈출해 최양업 신부와 교우들이 피신해 있는 죽림굴로 가서 은신했고… 사람의 눈을 피해 굴 안팎을 부지런히 오가며 바깥 동정을 전했고… 밥 짓기와 빨래로 교우들을 정성껏 봉양했는데… 고문의 후유증으로 여러 날 앓다가 최양업 신부의 임종경을 들으며 스물넷의 나이로 선종했다는….

짧고 슬픈 인생이다. 쫓기고, 피신하고, 헤어지고, 체포되고, 고문당하고, 탈출하고, 숨고, 손이 부르트도록 밥하고 빨래하다가 고문 후유증으로 죽어버린 인생. 본명조차 전해지지 않아 성과 세례명만으로 기억되는 착하고 순박한 처녀. 선혜는 무엇이 수인이의 발을 붙든 건지 궁금했다.

"수인아, 김 아가다 성녀가 맘에 들어? 역시 너희들은 순교성인들까지도 젊은 분을 좋아하는구나, 그렇지?"

선혜는 우울한 분위기를 전환해보려 농담처럼 물었다. 어색한 공기가 다락방을 떠다닌다. 아가다의 초상에만 눈을 고정한 수인이 한참 만에 독백하듯 답했다.

"선생님, 산다는 건 누구에게나 힘든 일인가 봐요. 밥 짓고 빨래하는 일이 얼마나 힘들었으면 결국 죽었을까요?"

삼사십 년은 살아낸 것 같은 소녀의 독백에 선혜는 얼른 답을 할 수 없다.

"한 가지 궁금한 건요…. 아가다 성녀도 너무 힘들 땐 나처럼 차라리 죽고 싶다고 생각했을까요? 만약 아가다 성녀가 지금의 나라면, 밥하고 빨래하기 싫어서, 오빠와 동생들 치다꺼리하기 싫어서 죽고 싶다고 생각할까요?"

"수인아…."

"궁금해서 여기 있었어요. 나만 죽고 싶다고 생각하는 건지…."

그렁그렁한 눈물이 곧 뺨 위로 떨어질 듯 홍채를 가득 채운다.

"선생님, 왜 하필 나예요? 은지는 좋은 아빠도 있고, 좋은 엄마도 있고, 착한 오빠도 있고, 돌봐야 할 동생들도 없는데…. 왜 나는 이 모양일까요?"

차오른 눈물이 감정을 주체하지 못하고 볼을 타고 흘러내린다. 선혜는 말없이 수인이의 손을 잡았다. 때 낀 묵주가 세월에 닳아 미끈거린다.

"우리 수인이, 많이 힘든가 보구나."

공감 한마디에 목이 메는지 수인이가 힘겹게 울음을 삼킨다.

"선생님, 난 사실… 가족 뒤치다꺼리 힘들어서 죽으면 좋겠다고 여러 번 생각했는데… 답답할 땐 손목에 자해한 적도 있는데… 살림하느라 고생만 한 사람도 순교성인이 될 수 있다니 놀라워요."

솟구치는 눈물을 막아보려고 억지로 목울대에 힘을 주는 수인이. 늘 긴 소매 옷을 입고 있어서 선혜도 자해를 눈치채지 못했다. 수인이에게 새삼 미안했다. 언젠가 남편 창현이 했던 말을 떠올렸다.

"커터 칼로 손목 긋는 청소년들은 대개 살려고 발버둥 치는 거라고 보면 돼요. 정말 죽을 것 같으니까 살려고 손목을 살짝 긋는 거지. 마음 통증을 신체 통증으로 전환한다고 생각하면 맞아요."

창현의 말이 옳다면 수인이의 마음 통증은 커터 칼로 생살을 긋는 통증보다 훨씬 혹독하다는 뜻일 터였다.

"미안해 수인아. 난 정말, 그 정도로 네가 힘든 줄 몰랐어. 알아보지 못해서 미안해."

자해를 해도 한 칸도 옮길 수 없는 수인이의 좌표가 아파 선혜는 용서를 구했다.

"내가 말 안 하는데 선생님이 어떻게 알아요? 미안해하지 마세요. 그런데 이 다락방, 꼭 슬픈 이야기를 담은 비밀 상자 같아요. 여기, 다음에 또 와도 되죠?"

고개를 끄덕여주자 수인이는 바보처럼 끝까지 착하게 말했다.

"선생님, 김 아가다 성녀에 비하면 내가 겪는 어려움은 아무것도 아니란 생각이 들어요."

"선혜 씨, 어머니가 느낀 절망에 비하면 내가 겪는 아픔은 아무것도 아니란 생각이 들어요."

창현은 첫 데이트에서 바보처럼 말했다. 가장 가까운 사람에게도 위로가 되지 못한 자책에 사제의 자리를 떠난 후, 쓸데없이 책임지지 못할 관계를 만들지 않으려 노력해왔다고 했다.

"선혜 씨를 보면서 내가 얼마나 어리석었는지 깨달았어요, 사람과 사람이 위로의 끈으로 묶일 수 있는 건 축복 같습니다."

고백하는 창현의 눈은 정직했지만, 선혜는 어깃장을 놓고 싶었다. 사랑의 길이 훤히 보이는데도 의식은 자꾸 그 길을 비껴가고 싶어 했다.

"다시 인간관계를 만들고 싶어진 이유가 있나요?"

"'제 이름은 이선혜입니다. 착하고 은혜로운 사람이 되라고 부모님이 지어주신 이름이에요'라고 선혜 씨가 말하던 순간 때문이에요. 운명적인 끌림을 느꼈습니다."

사실은 그의 빚은 듯 반듯한 콧날과 선한 눈빛에 선혜도 처음부터 매료됐다는 말은 하지 않았다. 그는 그만큼 아름다웠고 그만큼 위험했다.

"교육 수료증을 만들면서 보니까 선혜 씨 생일이 2월 5일이더군요. 아가다 성녀가 떠올랐어요."

"아가다 성녀요? 난 가톨릭 신자가 아니어서 그분에 대해 아는 게 전혀 없어요."

"2월 5일이 축일인 성녀죠. 로마 박해시대 동정 순교자세요. 모진 고문에도 끝까지 신앙 순결을 지켰고 죽는 순간까지 고통을 참아낸 분입니다. 선善을 상징하는 성녀예요. 선혜 씨의 착한 이미지와 그분의 상징성이 닮았는데 선혜 씨의 생일과 그분의 축일까지 같아서 신기했어요."

"난 착한 사람 아니에요. 이기적이고 현실적인 사람입니다."

"착한 사람은 스스로 착하다고 말하지 않죠. 착한 줄 모른다는 게 착하다는 반증 아닐까요? 생전에 어머니도 내게 죽고 싶다는 말은 한 번도 한 적이 없습니다. 내가 자랑스럽다고만 말씀하셨죠."

사십 대 후반에 남편과 사별한 그의 어머니는 사제의 길을 가겠다는 외아들을 극구 만류했다고 한다.

"아버지와 사별 후여서 그랬는지 어머니는 내가 곁에 있길 원하셨어요. 고집을 꺾지 않고 결국 신학교에 입학한 후 한 학기가 지나기도 전에 어머니는 우울증을 얻었지만, 그 사실을 숨기고 세게는 소명의 길을 가라고만 격려하셨어요. 아들이 선택한 길에 방해가 되기 싫었던 거죠. 집에 들를 때마다 어머니의 텅 빈 눈이 마음에 걸렸지만 심각하게 생각하지 않았습니다. 사랑하는 사람의 마음도 못 읽는 바보였던 게죠."

다급하게 달려온 주임신부가 참담한 부고를 전해주었는데, 그의 어머니가 생을 마감하는 시간에도 그는 신께 기도하는 중이었다.

"죽은 어머니 손에 들려 있던 건 내 사진이었어요. 나는 신에게도 어머니에게도 나쁜 아들입니다."

선혜는 고백하는 창현의 얼굴을 똑바로 보지 못한 채 겨우 대답했다.

"창현 씨, 앞으로는 돌아가신 어머니의 아들이 아니라 그냥 창현 씨로 살아요. 이젠 그래도 괜찮아요."

"괜찮아. 오늘은 너희들 자신만 생각해. 우리 맛있는 거 먹으러 가자."

선혜와 소녀들은 성당 옆문을 빠져나와, 근처에 있는 국수가게로 향했다. 봄날의 짙은 햇살이 소녀들의 뺨을 붉게 물들였다. 눈물이 채 마르지 않은 수인이의 갈색 속눈썹 위에도 햇살이 반짝거렸다. 눈물로 씻긴 눈동자가 성녀의 것인 양 맑다. 선혜는 생각 끝에 조심스레 물었다.

"수인아, 아까 성당에 도착했을 때 꽤 오래 기도하던데, 뭘 기도했던 거야?"

기다렸다는 듯 수인이는 하늘을 향해 두 팔을 쭉 뻗고 과장된 몸짓으로 예의 개그 본능을 쏟아낸다.

"오! 주님, 이 봄이 가기 전에 이런 나들이 한 번만 더 하게 해주세요, 라고 기도했죠. 헤헤. 봄나들이 진짜 즐거워요. 그런데 선생님, 다음번 나들이도 아빠가 보내줄까요?"

수인이가 눈에 간절함을 담아 물었지만 나연이와 서현이는 눈치 없이 고개를 절레절레 흔든다.

"수인이 아빠, 다시는 안 보내줄걸? '안 보내준다'에 내가 백만 원 걸어! 하긴 우리 아빠도 장담 못 해."

나연이의 아쉬움에 네가 백만 원이 어디 있냐고 서현이도 말꼬리를 잡으며 거든다. 시무룩해진 표정에 마음이 쓰인 선혜는 수인이의 어깨를 따뜻하게 감쌌다.

"수인아, 그 짧은 기도 하나에 그렇게 오래 앉아 있었던 거야?"

"반복해서 기도하면 한 시간이라도 할 수 있어요. 헤헤, 나 훌륭하죠?"

금방 해맑은 소녀의 눈으로 돌아온 수인이 버릇처럼 손목에 두른 묵주를 만지작거렸다. 선혜는 오랫동안 궁금했던 걸 물어보기로 했다.

"전부터 생각한 건데, 수인이 묵주 참 독특해. 꽤 오래된 것 같은데?"

"옛날에 엄마가 손목에 차고 있던 거예요. 엄마가 집 나간 날, 아침에 일어나 보니 내 손목에 채워져 있었어요. 엄마의 마지막 선물인 거죠."

좌표를 견디지 못해 떠난 엄마가 그리운지 수인이 홍채가 다시 붉어진다. 전염된 나연이도 말이 없다. 침묵이 어색한 서현이가 너스레를 떤다.

"야, 김수인! 아까 너 기도할 때 보니까 완전 신앙심 깊어 보이더라? 성당에 다니는 사람들이 따로 만드는 이름 있잖아. 그 뭐라더라? 응 그래, 세례명. 너도 세례명 있어? 아마 없을 거야, 그렇지? 어차피 넌 매주 성당에 나가지도 않잖아."

친구의 놀림에 수인이가 한껏 웃음을 머금고 자신 있게 대답한다.

"아냐. 나 세례명 있어. 아기 때 유아세례 받았거든. 아까 신앙유물전시관에서 내 세례명이랑 같은 성녀도 봤어. 내 세례명은 말이야, 아가다야. 김 아가다."

둥지의 서사학
— 심은신의 소설 세계

구모룡(문학평론가)

"원둥지나 새로운 둥지, 다 새들에겐 중요한 삶의 터전이니까요."(「떼까마귀」에서)

1.

심은신의 글쓰기에는 둥지라는 동심원이 있다. 그에게 둥지는 미리 정해지거나 고정된 실체가 아니며 만들어지거나 형성되는 과정이다. 그래서 늘 유동적으로 움직인다. 애초 있던 둥지가 깨어지거나 부서지기도 하고 새로 고쳐지거나 생성하기도 한다. 물론 둥지는 새가 만드는 다양한 형태의 보금자리를 말한다. 새가 알을 낳고 새끼를 기르며 휴식을 얻고 잠을 자는 보금자리이다. 상호 배려와 따뜻한 보살핌이 있고 서로 사랑하는 마음과 평화, 행복과 희망이 있는 시적 장소이다. 심은신은 이러한 둥지라는 은유를 뚜렷한 서사적 지향으로 삼는다. 몸이 안전하고 마음이 평화로우며 정신이 자유롭고 행복한 감정이 함께하는 둥지의 삶을 추구한다. 이러한 작가적 목적은 과정이지 어떤 초월적 도달점이 아니다. 세상은 여전하게 난폭하며 삶은 쉽게 부서지거나 훼손된다. 상처와 상실의 고통을 피할 길이 없다. 하지만 고난 속에서 희망의 미미한 빛이 존재함을 드러낸다. 마치 에른스트 블로흐가 말한 '희망의 원리'처럼 '아직은 아니다'라는 믿음을 늘 견지한다. 이러한 둥지는 개별 실존 그 자체이기도 하고 가족이 될 수도 있으며 나아가 사회나 여러 형태의 어울림일 수도 있다. 그래서 둥지는 정지 상태가 아니라 움직이고 요동하는 동심원이다. 사랑과 희망으로 나아가는 움직임의 은유라 하겠다.

2.

둥지는 그 출발에서 가족인 경우가 많다. 가족 서사가 기본 플롯(master plot)이듯이 심은신도 가장 먼저 가족을 주목한다. 가족을 구성하는 부부관계가 있고 부모와 자식의 관계가 이어진다. 나아가서 가족을 둘러싼 다른 사회적 관계들이 존재한다. 이처럼 중첩된 관계의 역장(力場)에서 둥지는 앞서 말했듯이 훼손되거나 부서지는 모습을 하는가 하면 새롭게 생성하는 과정으로 나타난다. 「고흐의 변증법」은 부부 사이의 상처를 구성의 출발 지점으로 삼는다. 특히 타자의 트라우마를 치유하는 정신과 의사를 주 인물로 내세워 고통의 이해라는 문제로 확장한다. 서사의 벡터가 관계가 만드는 상처에서 출원하여 주체와 타자의 고통을 제대로 교감하는 방법의 이야기로 뻗어나간다. 여행과 방랑과 배회는 상처 입은 주체가 자기와 대면하는 시간을 부여하는데 이 소설은 이러한 플롯을 선택하고 있다. 남프랑스 아를을 배회하는 주인공 '유지'의 행위는 풍경을 수집하는 관광객이 아니라 내면의 시간을 갖기 위한 멈춤과 느림의 수행이다. 더군다나 아를은 삼 년 전에 신혼여행을 온 장소로 사랑과 배신이라는 모순의 현장이기도 하다. "갈가리 찢긴 자아와 직면"하려는 "모순에 찬 시간"의 선택이다. 그래서 이는 아를 시절의 고흐가 봉착한 삶의 모순과도 겹쳐지고 '고흐의 변증법'이라는 소설의 표제로 나타난다. 이곳에서 주인공은 "자기 상처를 객관적으로 통찰해야 한다고 환자들에게 조언해온" 정신과 의사이지만 정작 자신의 고통에 직면하면서 자신이 행한 우울증 치유의 방법, 가령 "연상 치유법"이나 "가수면 치료"가 어떤 한계가 있음을 자각한다. 타자의 트라우마나 고통에 감응하기가 어려운 일임을 자신의 상처와 고통을 겪으면서 알게 된다. 그만큼 타자에게 감정을 투사하거나 동일시하는 나르시시즘의 장벽이 높다. 고통은 나르시시즘을 강화하기도 하지만 그것을 넘어서게도 한다. 주인공에게 이러한 계기는 아를에서 또 다른 타자와의 만남으로 가능하다. 회상과 장면을 거듭하는 소설의 이야기는 역시 실패의 아픔을 겪으면서 배회하는 서른여섯의 독립영화감독 '고호상'을 조우하는 일을 반복하면서 진전된다. "절망에서 희망을 찾으려는 모순"이 아니라 희망보다 사랑이 존재를 구원하는 힘이라는 사실을 말하고자 함일까? '고호상'은 '유지'와 달리 사랑하는 사람이 있지 않은가? "밤에 속한 남자가 밤이 끝나기를" 기다리는 고호의 모순처럼 주인공도 밤의 깊은 모순에 봉착하고 있다. "다른 사람의 상처는 치료하면서 내 상처 하나 어떻게 못하니 답 안 나오는 모순"이라고 하는 그에게 오히려 '고호상'이 답을 제시한다. 과거도 현재도 실패를 거듭한 그보다 행복했던 과거에 자신을 세팅할 기회가 있다는 이야기이다. 어찌 보면 이 소설에서 이는 중요한 반전이다. "인간에게 일어나는 일을 인간의 논리로 인식할 수 없다는 모순"에 대한 자각이나 "모순이 더 참에 가깝다는 생각"에 공감하는 사태의 변화이다. 물론 "불가능한 모순"임에 틀림이 없고 "아픈 기억이 따듯한 기억으로" 바뀌는 일이 쉽지 않다. 하지만 "시퍼런 배신감도 어느 날엔가 소실점으로 희미해지고 시뻘건 분노도 어느 시점엔가 윤슬처럼 가물거릴 때가 올 거라"는 긍정의 실마리를 얻는다.

「고호의 변증법」이 말하듯이 둥지는 파괴되면서 회복의 기미를 얻고 절망하면서 희망의 흔적을 찾는 과정에서 발견된다. 모순이나 "우울 속의 희망"을 모두 담는다. 그렇기에 차가운 변증법은 아니다. 서로 다른 의미를 한데 포용하는 따스한 만남을 지향한다. 부부 중심의 서술이지만 「구라미」를 이끄는 구성의 벡터는 남편의 자발적인 퇴직의 과정이다. 이를 열대어 '구라미'의 생존에 유비한다. '성과사회'에서 사람들은 진정한 주체이기보다 노예에 가깝다. 그러나 경제 조건의 변화로 인하여 일자리에서 밀려나거나 일자리를 잃게 된다. "의미가 부여되고 필요성이 획득되면 그제야 움직이는 성향"을 지닌 남편은 "오랜 조직 생활로 인해 주도면밀한 행동이 습관화된" 인물이다. 이러한 인물이 "생뚱맞은 착상과 급조된 결정"을 하여 어항을 사고 관상어를 사는 일을 하는데 이는 직장에서 한직으로 밀려난 시기와 맞물린다. 한 인물 속에 존재하는 상반된 두 자아가 분열하는 대목이다. 단순한 변덕이 아니라 "회사 일밖에 모르는" 성과 주체의 자각이자 변신이다. "삼십 년 가까이 전념한 덕분인지 이 년 전 전무 진급과 함께 회사의 전략 프로젝트인 폴리 실리콘 개발 업무를" "회사 근처 인근 숙소에서 생활하면서 불철주야 개발 상황을 점검하고 시스템에 문제라도 생기면 밤을 세워가며 원인을" 추적하는 일을 해오다 성과가 부실해지고 중국이 개입하는 글로벌 경제변동의 여파가 닥치면서 회사의 프로젝트가 좌초되는 위기에서 '남편'은 한직인 "자회사 발령 통지서"를 받게 된다. 이러한 사태에서 그는 가족으로 돌아와 집안일을 돕고 관상어를 기르는 생활양식의 변화를 보인다. 하지만 좁은 유리 화병에 견디지 못하고 스트레스로 죽어가는 블루마블과 자신을 동일시하면서 신경증을 보이고 상실감에서 비롯한 우울증을 드러내는 데 이르러 일에 중독된 자아의 부정적 징후가 여실하게 나타난다. 소설의 결말에서 서술자인 '나'는 사표를 쓰는 남편을 이해하면서 구라미가 지내기에 편안한 큰 어항을 사기로 다짐한다. 이 소설은 일인칭 주인공 시점으로 아내가 남편을 관찰하며 서술함으로써 부부가 상호작용하는 내밀한 심리 기제를 잘 포착하고 있다. 신자유주의가 강제하는 성과 주체(me)에서 벗어나 온전한 자기(I)를 회복하려는 인물의 문제 제기가 아닐까?

3.

가족이라는 둥지는 하나의 얼굴을 하고 있지 않다. 행복의 장소이기도 하지만 상처를 주고 짐과 빚을 떠넘기는 불행의 공간이기도 하다. 가족으로 인한 트라우마의 목록은 다양하다. 억압이나 폭력, 근친상간과 불륜, 방치와 유기, 편애와 약취, 장애와 만성 질환, 무능과 경제적 파산, 부모 상실과 소년/소녀 가장, 중독과 자살, 재해와 때 이른 죽음 등의 많은 요인으로 발생한다. 이러한 트라우마는 둥지의 안온을 흔들고 행복의 꿈을 차단한다. 심은신의 소설은 가족 내의 트라우마로 인한 서사의 벡터를 깊이 있게 주목한다. 「봄날의 아가다」는 잔잔하고 나직한 목소리로 전개하는 전지 시점의 서술이지만 작가의 의도와 서사적 지향을 집약하고 있다. 소설 속의 사건은 그리 복잡하지 않고 단순하다. "구청의 계약직 복지사"인 주인공 '이선혜'가 자신이 "국어와 수학 기초를 가르치고 방과 후 학업을 돕는" 세 명의 여중생(나연, 서현, 수인)과 순교성지인 언양성당으로 봄나들이 가는 이야기이다. 하지만 저마다 가족사적 질곡이 있고 온전하지 못한 집에 매여 있는 이들이기에 전혀 새로운 시간을 경험하게 된다. 멈추거나 느림을 추구할 때 피어나는 "시간의 향기"를 느낄 수 있는 계기이자 일상에서 벗어난 순례의 시간이다. '선혜'는 "딸아이의 양육비와 남편의 입원비를 마련하기 위해" "오전 타임엔 마트 카운터로, 오후와 저녁 타임엔 공부방 복지사로" 일하면서 생존에 얽매인다. 남편 '창현'은 홀어머니의 염원을 뿌리치고 사제의 길을 걷다 어머니가 우울증으로 생을 마감하자 성직을 버리고 어머니의 자살을 자책하며 '자살예방센터 강사'로 과도하게 일하다 뇌출혈로 쓰러진 중환자로 있다. 이러한 '선혜'의 처지와 대대(待對) 관계에 있는 이가 '수인'이다. '수인'은 어머니가 가출하고 없고 아버지는 게임 중독에 빠져 가족을 돌보지 않는 집의 소녀 가장에 가깝다. '나연'과 '서현'도 나름의 사연을 지니지만 '수인'을 주요 인물로 부각한다. 이는 '신앙유물전시관'에 전시된 '동정 순교자 김

아가다 초상'과 연결하려는 의도가 있다. '김 아가다'는 "최양업 신부 등 교우들이 피신해 있는 죽림골"에 은신하면서 "밥 짓기와 빨래로 교우들을 정성껏 봉양"하다 "고문의 후유증으로 여러 날을 앓다가 최양업 신부의 임종경을 들으며 스물넷의 나이로 선종"한 여성이다. 그러니까 '수인'은 '아가다'를 통하여 자신의 고통을 이겨낼 모방의 대상을 만난다. 이는 '선혜'의 생일이 아가다 성녀의 축일과 같고 '수인'의 유아 세례명이 '아가다'라는 우연과 겹쳐진다. 서로의 고통을 나누고 슬픔을 위안 삼을 모방의 대상을 갖게 된 셈이다. 달리 말해서 더 큰 사랑의 둥지를 욕망할 수 있게 되었다. '선혜'와 '수인'이 지닌 두 흐름의 이야기가 상호작용하는 플롯의 벡터는 '아가다'로 집약되면서 새로운 긍정성을 예고한다.

심은신은 인물들이 안고 있는 상처와 고통을 주요 서술대상으로 삼는다. 이를 위하여 여러 가지 서술 방법을 모색한다. 대체로 객관보다 전지의 시점으로 인물의 내면을 파고들며, 설명을 줄이고 대화의 장면을 통하여 실감을 이끈다. 이러한 가운데 「알비노」는 서간체(epistolary) 서술을 선택한다. 이는 분명한 수신인을 둠으로써 서술 내용이 더욱 사실로 보이도록 하는 효과를 지닌다. 그만큼 발화자의 내면이 도드라진다. 「알비노」는 스물일곱의 '김희주'가 십 년 전 겨울 단 한 번 상담을 받았던 '청소년상담센터' 선생님에게 보내는 편지이다. 원치 않은 임신으로 한 생명을 지우는 낙태 수술을 앞

두고 자신의 삶을 고백하고 있다. 성적 불구가 된 아버지의 폭력으로 일그러진 가족의 쓸쓸한 풍경은 물론이고 '알비노'처럼 열성 유전으로 소외된 자기에 대한 모멸이 증폭하고 있다. 가족에서 발원하여 사회로 이어지는 낙인을 지울 방법을 찾지 못한다. 서간체는 유사 다큐멘터리와 같은 고백의 사실주의를 창출한다. 이는 현재의 고통의 극단에서 쓰는 자기 고백에 가깝다. 십 년이 지난 이후에도 좀처럼 호전되지 않는 발신자 '김희주'의 삶은 아버지를 닮아 "가무잡잡한" 피부의 유전만큼 질곡의 열성 운명을 벗어나지 못한다. 수신인을 전제한 구체적인 발화인 만큼 흥미로운 극적 독백처럼 읽는 이의 정동을 충격한다. 허구의 편지가 실제의 편지처럼 읽히기 때문이다.

4.

「알비노」가 한 편의 편지가 전부라면 「초롱아귀」는 편지를 계기로 서사가 전개되는 양상을 보인다. 이 소설의 서두는 "이제 그의 편지를 열어봐도 될 것 같다"로 시작한다. 돌연하게 당도한 편지를 통하여 발신자 '한병우'와 서술 화자인 '나'(김정환)가 얽힌 이야기가 풀려나간다. 그의 편지를 읽으면서 '나'의 회상이 개입하는 격자(格子) 양식이다. 이 소설에 등장하는 편지의 발신자와 수신자는 둘 다 "육 년 전, 일반행정직 9급 공무원 시험을 준비할 때 노량진에서 만난 동갑내기 취준생"이다. 하지만 "망막변성증"의 발병으로 '한병우'는 공무원 시험을 포기하고 라면 포차, 푸드 트럭, 여성 구두점을 전전하다 마침내 외항선을 타고 필리핀 산토스에 이른다. 반면 '나'는 삼수를 거쳐 동사무소 말단 공무원으로 취업하여 "변두리 아파트 상가에서 작은 피아노 학원을 운영하는 여자"와 만나 결혼하고 평범한 소시민의 삶을 영위한다. 이러한 '나'의 삶과 실패를 거듭하면서 "땅의 끝"이자 "바다의 시작"인 고향 여수에서 대양으로 떠나는 '한병우'의 삶은 겹치면서 멀어지는 대비를 이룬다. '한병우'에게 그가 늘 가닿기를 염원하는 마리아나 해구는 두 가지 지향을 보인다. 그 하나는 바다의 압력을 견디며 적응하는 심해어이다. 한 점 빛도 없는 심해에서 살아가는 심해어는 시력을 잃어가는 '한병우'의 실존에 상응한다. 편지에서 마리아나 해구 수심 2,000m 아래에서 사는 '초롱아귀'에 대한 이야기가 '한병우'의 실존적 염원을 상징한다. 다른 하나는 아버지 찾기이다. 선원이었던 그의 아버지가 마지막으로 떠난 바닷길이 마리아나 해구이기 때문이다. 어떤 의미에서 해양소설(maritime novel)의 기미를 지닌 이 소설이 전하는 메시지는 "상상을 초월하는 기압과 한 치의 빛도 허용하지 않는 어둠 속에서 스스로 등불을 켠 초롱아귀"와 같이 삶의 이유와 생존의 방법을 찾아가야 한다는 말이다. "세월이 흘러 눈이 완전히 닫혀버린 어느 밤, 칠흑 같은 세상 속에서 초록빛 촉수를 마음에 켤 수 있다면 초롱아귀에게서 위로를 얻게 될지도 모르겠습니다"라는 '한병우'의 편지의 한 구절이 던지는 울림이 크다. 무력한 일상이 반복되는 '나'의 삶에 비하여 '한병우'의 모험이 지니는 의미가 더 근본적이라는 뜻이다. 외동아들로 일찍이 아버지를 잃고 대학시절 어머니마저 여윈 '한병우'는 실패를 거듭하는 고아에 다를 바 없는 인물이다. 그러함에도 달관과 무위의 깨달음과 더불어 시원의 세계에서 신생을 희망한다.

「초롱아귀」에서 제시된 '아비 찾기'라는 모티프가 플롯의 전면에 나타난 소설이 「아버지의 눈」이다. '은수'와 온전한 둥지를 형성하지 못한 '나'(김우진)는 남극으로 가서 펭귄의 생태 연구에 합류한다. 드레이크 해협에서 아버지를 잃은 '나'는 바다에 대한 트라우마를 간직하고 있다. 가장자리로 내몰린 펭귄 가족에게서 어머니 홀로 가족을 이끌어온 자신의 과거를 떠올리면서 '은수'와의 새로운 관계를 생각한다. 그러니까 이 소설은 단순한 아비 찾기의 반복이 아니다. 트라우마를 극복하는 계기이자 새로운 생성을 예비하는 통과의례에 가깝다. 한편으로 해양소설이고 다른 한편으로 입사소설(入社小說, initiation story)이다. 이를 위하여 펭귄의 생태는 삶을 유추하는 과정으로 서술된다. 이와 같은 병치 서술의 기법은 심은신이 자주 사용하는 서술 양식이다. 펭귄이 둥지를 만들고 지키려 하듯이 사람도 둥지를 만들고 가꾸는 일이 자연의 이치라는 생각을 반영한다. 그렇기에 아버지의 실종은 이제 삶의 진전을 가로막는 콤플렉스가 되지 못한다. 오히려 '은수'와 새로운 둥지를 만들려는 '나'에게 아버지는 등대 혹은 생명의 참된 길을 제시하는 '푸른빛'으로 존재한다. 물론 아버지가 상실되거나 어머니를 일찍 잃는 상황의 설정은 심은신의 소설에서 자주 출현한다. 때론 이러한 설정이 인물의 성격화(性格化, characterization)에 있어 밀도를 줄일 가능성이 없지 않다. 하지만 이 소설이 보여주고 있듯이 비록 가장자리로 밀려나거나 곤경이 초래되더라도 삶의 둥지는 회복되어야 한다는 믿음이 종요롭다.

「아버지의 눈」이 아버지와 아들의 관계를 서사의 한 줄기로 삼는다면 「인디고블루」는 어머니와 딸의 관계를 서사의 벡터로 활용하고 있다. 새로움을 혁신으로 삼는 패션 디자인의 세계에서 선택은 디자이너를 고뇌에 빠트린다. 이 소설에서 '나'(서윤희)와 '지수'라는 '짝패'의 서로 다른 지향이 서사를 추동하는데, '나'가 마음, 가치, 순결을 추구하는 반면 '지수'는 심리, 욕망, 자유를 주창한다. 감염병 시대에 여성 대중의 욕구에 대응하는 방식의 차이이자 삶에 대한 인식의 차이이다. '지수'가 "과감하게 로즈레드와 루비레드 컬러"를 내세운다면 '나'는 "화려한 퍼플을 포기하고" "인디고블루 컬러"를 사용한다. 코로나가 "인간의 욕망이 낳은 참혹한 결과"이므로 "다시 본래의 겸허하고 정결한 모습으로 돌아가 자성하는 메시지를 담고" 싶었다는 말이다. 이러한 '나'의 결정에 '어머니'의 존재가 관여한다. 아버지 없이 외동딸을 프랑스 유학을 시키고 세상을 떠난 '나'의 어머니는 생전에 한복을 지었다. 그는 "옷을 짓는 건 사람을 사랑하는 일"이어서 "사람의 개성과 향기에 따라 옷을" 만들었다. 어머니를 생각하며 새로움에서 벗어날 수 없는 어지러운 순환논리에서 본디의 빛깔을 찾아 돌아감으로써 오히려 더 근본적인 전환을 추구한 결과가 "인디고블루"이다. 이미 낡았다고 비판받는 가치와 사랑법에서 '나'는 진정한 둥지의 철학을 궁구한다. 이 소설이 짝패의 대결에 대한 명확한 답을 의도하고 있지는 않다. 다만 문제를 제기함으로써 팬데믹을 겪고 있는 인간의 잃어버린 시간을 사유하게 한다.

5.

둥지의 서사는 상실과 부재, 상처와 고통을 전제한다. 화해(和諧)와 행복의 관계를 회복하거나 이를 새롭게 구성해야 한다는 희망을 담는다. 가족이든 사회든 내적, 외적 요인에 의해 부서지고 훼손되는 일이 빈번한 현실이다. 심은신의 소설은 이러한 현실을 말하면서 더 나은 삶의 의미를 찾으려 한다. 「떼까마귀」는 울산, 태화강변, 대나무숲이라는 구체적인 장소에 기반하면서 이동하며 유동하는 현대적 삶의 문제를 서술하고 있다. 이 단편이 보이는 스케일은 「초롱아귀」나 「아버지의 눈」과 맥락을 같이 한다. 인물이 사는 장소에서 필리핀해역과 남극해로 뻗어나갔듯이 「떼까마귀」도 몽골, 러시아, 연해주를 시야에 두고 있다. 하지만 이 소설의 다른 점은 로컬의 문제에 착목하고 있다는 사실이다. 서술 화자이자 주인공인 '나'는 울산으로 이전한 "한국S공사"의 지역사회사업 담당 "이민우 부장"이다. 소위 지역분권과 더불어 서울에서 울산으로 6개월 전에 배치되어 "내내 이방인처럼 겉돌고" 있는 사람이다. 더군다나 지방 이주를 거부하는 아내와 주말부부로 생활하고 있는 형편이다. 이러한 형편에 처한 '나'의 입장은 이방인 의식으로 고독하고 쓸쓸하다. 업무조차 "환경분야 관리"에서 "지역사회사업"으로 바뀌었으니 여러모로 심사가 편하지 않다.

> 그런데 개소식 다음 날, 지역 의원들이 공공기관 방문이라는 미명으로 들이닥쳐서는, 회사가 이 도시에 무엇을 해줄 수 있는지 공박하며 이윤 지역환수제를 요구했다. 지역 문화에 이바지할 수 있는 가시적 성과도 강조했다. 문화적 성과를 내놓지 않으면 이 도시에서 추방이라도 당할 것 같았다. 물론 꺼내놓기 어려운 재정 문제를 확실히 해두자는 정치적 몸짓이었겠지만, 지역 문화를 위해 구성된 공기업 봉사단에 사의

부터 표현하는 게 순리일 터였다. 지역과 공기업 간 동반성장을 모색하던 입장에선 갑의 모습으로 비쳐 씁쓸했다. 이방인을 대하는 인격적 태도가 아니라 재정적 수단으로 여기는 기능적 태도가 거슬렸다. 마치 이 황량한 도시를 제멋대로 점령한 불손하기 짝이 없는 검은 털의 떼까마귀처럼….

서울과 지방, 수도권과 지역이라는 이분법이 작동하는 현실에서 '나'의 울산 이주는 두 갈래로 자아를 찢어놓는다. 그 하나는 서울 생활을 포기하지 않는 아내와 가족이다. 자산과 자녀의 교육 문제를 고려할 때 이주가 쉽지 않다. 아내와 나는 서울에서 태어나 서울에서 살아온 아비튀스를 지녔다. 음악을 사랑하는 '나'의 습속에서도 이방 도시에서의 문화 충돌을 피할 수 없는 일이다. 다른 하나는 로컬에서 나타나는 지방주의(localism)의 개입이다. 인용문에 나타나 있듯이 '나'는 복잡한 권력관계 속에서 곤경에 처한다. 이러한 '나'가 "울산시 주관의 국제행사인 아시아조류박람회 사진전 기획"을 맡아 추진하면서 그 자문 역으로 "이무연 사진작가"를 만난다. 구성의 벡터는 '이무연'과 '나'의 교섭으로 형성된다. 그는 십 년 전부터 철새 사진을 찍으며 철새를 따라 울산에 와서 사는 사진작가이다. 하지만 철새의 이동과 군집은 "군집공포증"을 지닌 '나'의 관심 밖의 일이다. 프로젝트로 '이무연 작가'와 만나면서 '나'는 철새의 생태에 관한 중요한 교훈을 습득해 나간다. 이주, 이동, 둥지 등의 의미를 철새를 통하여 재인식한다. "가족과 떨어진 고독한 생활, 황량한 이방의 산업도시, 그리고 혐오스러운 떼까마귀" "이방 살이를 서둘러 끝내고 서울로 돌아가고" 싶은 마음을 극복하는 계기를 얻는다. '이무연 작가'와 '나'의 시차(視差)는 처음에 큰 간극을 지니지만, 그와 만남을 거듭하면서 인식의 틈이 좁혀지게 된다. 여기에 해묵은 인연의 고리까지 확인되면서 그는 '나'의 의식을 각성하는 인물로 자리한다. 마침내 공업도시 울산에 대한 여러 가지 편견에서 놓여나면서 "이방인이 아닌 당신 자신으로서 이 도시를 누려보라고, 당신이 어디에 있느냐보다 당신이 진정 누구이고 내면에 깃든 진실이 무엇인지가 더 소중하다"는 깨우침을 얻는다. 곧 진정성의 획득을 의미한다. 이와 같은 진정성을 가로막는 요인은 무엇인가. 편견과 이데올로기, 사회적 역할과 외부로부터 부가되는 힘이 존재를 지배하는 데서 비롯한다. 자기의 고유한 욕망을 추구하는 일이 진정성을 찾는 출발이다. 철새의 아름다움을 추구하는 '이무연 작가'의 삶이 진정성을 지닌다고 할 수 있다. '나'의 "환 공포증 혹은 군집공포증"도 "떼까마귀의 군무"에 대한 바른 인식을 통하여 서서히 걷힌다. "지독한 신경증과 편견"에서 놓여나게 된다. "한 무리가 다른 무리에 섞여들고 또 다른 무리가 더해져서 더 큰 공동체"를 형성하는 떼까마귀야말로 우리가 사는 사회보다 훨씬 더 아름다운 둥지를 만들고 있지 않은가? 이동하고 유영하면서 각자의 역할을 다하면서 한 무리를 형성하는 이들이야말로 이상적인 둥지의 형태를 구성하는 전범이 아닐까? 경쟁사회, 성과사회, '피로사회'에 사는 '나'의 입장에서 태화강과 떼까마귀는 중요한 인식 전환의 매개가 된다.

심은신의 둥지의 서사는 매우 중요한 소설적 발명이다. 이동과 이주가 빈번하고 방황과 유동이 일상화된 현실에서 해체되고 파괴되는 둥지를 새롭게 만들려는 인물의 창조가 빛난다. 미리 만들어진 삶의 조건이 인물을 고정하는 면이 없지 않지만 부서지는 삶을 이겨내고 저마다 슬픔의 강을 건너는 모습이 따뜻하다. 세목에 충실하면서 구체적인 전체를 그려내려는 작가적 의지도 분명히 있다. 소설은 인물을 창조하는 작업이다. 심은신의 인물들이 우리 사회의 제유임을 안다. 더 복잡한 상호텍스트성의 역장으로 구성의 힘들을 이끌어 가리라 믿는다. 어둡고 힘든 시대의 삶이지만 사랑과 희망이 비록 미미한 빛으로 존재하더라도 소멸하지 않으리라고 생각하는 작가의 신념에 경의를 표한다.

작가의 말

카오스의 시간이 계속되고 있습니다. 물리와 심리의 비례 관계를 증명하듯 어떤 이는 우울 속으로 침잠해버렸고 어떤 이는 고투 중에 분노를 쏟아냅니다. 가까이에서 서로를 위로하고 배려하며 어우러졌던 시간이 아득한 선사의 기억 같습니다. 인간의 영혼과 영혼이 교감할 수 있는 카이로스의 시간이 그립습니다.

출간조차 부끄러운 시대에 또 하나의 책을 세상에 내어놓습니다. '그럼에도 불구하고' 우리 안에 여전히 존재하는 영혼의 교감에 대해 얘기하고 싶었습니다. 멀리 있는 듯 느껴지지만 분명 가까이 있는 나와 너의 이야기, 그것을 고요히 감싸고 있는 카이로스의 시간을 불러내고 싶었습니다.

생을 마칠 때 우리가 누린 모든 것도 소멸하겠지만, 사람과 사람이 영혼으로 교감했던 시간은 사라지지 않는다는 것.

그에게 내가 기억되고 내게 그가 기억된다는 것. 그래서 서로에게 선한 영향을 줄 수 있다는 것. 그 사실이 어려운 현실을 살아가는 모두에게 희망이 될 거라 믿으며, 절망 중에 그려냈던 빈센트 반 고흐의 역설을 떠올려 봅니다.

단편 여덟 작품을 통해 작가와 독자로 스치듯 만나겠지만 작중 인물들처럼 교감할 수 있으면 좋겠습니다. 기억에 남을 작은 위로를 전할 수 있다면 제게 그것보다 더 큰 선물은 없을 것 같습니다.

2021년 가을에 심은신

수록작품 발표지면

떼까마귀 『소설 21세기』 2018년 겨울호

인디고 블루 『소설 21세기』 2020년 겨울호

고흐의 변증법 『한국소설』 2020년 4월호

알비노 2019년 제6회 경북일보문학대전 수상작

초롱아귀 『문학저널』 2020년 겨울호

아버지의 눈 2020년 제8회 등대문학상 수상작

구라미 『월간문학』 2019년 5월호

봄날의 아가다 『소설 21세기』 2019년 여름호

고흐의 변증법

초판 1쇄 발행 2021년 10월 20일

지은이 심은신
펴낸이 강수걸
기획실장 이수현
편집장 권경옥
편집 신지은 김리연 윤소희 오해은 강나래
디자인 권문경 조은비
경영지원 공여진
펴낸곳 산지니
등록 2005년 2월 7일 제333-3370000251002005000001호
주소 부산시 해운대구 수영강변대로 140 BCC 613호
전화 051-504-7070 | 팩스 051-507-7543
홈페이지 www.sanzinibook.com
전자우편 sanzini@sanzinibook.com
블로그 sanzinibook.tistory.com

ISBN 978-89-6545-755-8 03810

* 책값은 뒤표지에 있습니다.
* 잘못된 책은 구입하신 곳에서 교환해드립니다.
* 본 도서는 울산문화재단 '2021 울산예술지원' 선정사업의 일환으로 제작되었습니다.

울산광역시 울산문화재단

::산지니에서 펴낸 책::

봄비 한경화 소설집
유토피아로 가는 네 번째 방법 정광모 장편소설
오후 네 시의 동물원 서정아 소설집
혜수, 해수 임정연 장편소설 ***2021 부산국제영화제 E-IP마켓 피칭 선정작**
콜트45 정광모 소설집
바람, 바람, 코로나19 문선희 소설집
봄밤을 거슬러 정미형 소설집
캐리어 끌기 조화진 소설집 ***2020 한국문화예술위원회 문학나눔 선정도서**
사람들 황경란 소설집 ***2020 한국문화예술위원회 문학나눔 선정도서**
지옥만세 임정연 장편소설 ***2020 6월 책씨앗 추천도서 *2020 한국문화예술위원회 문학나눔 선정도서**
실금 하나 정정화 소설집
맥박 정형남 소설집
팔팔 끓고 나서 4분간 정우련 소설집
데린쿠유 안지숙 장편소설
마살라 서성란 장편소설
랑 김문주 장편소설
볼리비아 우표 강이라 소설집
방마다 문이 열리고 최시은 소설집 ***2019 부산작가상 수상도서**
유산 박정선 장편소설
생각하는 사람들 정영선 장편소설 ***2018 요산김정한문학상 수상도서**
거기서 도란도란 이상섭 팩션소설집 ***2018 이주홍문학상 수상도서**
나는 장성택입니다 정광모 소설집 ***2018 한국문화예술위원회 문학나눔 선정도서**
우리들, 킴 황은덕 소설집
명랑한 외출 김민혜 소설집 ***2018 한국문화예술위원회 문학나눔 선정도서**
유마도 강남주 장편소설 ***2018 대한출판문화협회 청소년도서**
폭식광대 권리 소설집

사할린 이규정 현장취재 장편소설(전3권)

내게 없는 미홍의 밝음 안지숙 소설집 ***2017 세종도서 우수문학도서**

가을의 유머 박정선 장편소설

노루똥 정형남 소설집

쓰엉 서성란 장편소설 ***2017 세종도서 문학나눔 선정도서 *2017 부산문화재단 우수도서 *2017 부산국제영화제 아시아필름마켓 북투필름 참가작 선정도서**

독일산 삼중바닥 프라이팬 오영이 소설집

고래그림비 유익서 소설집 ***2016 세종도서 우수문학도서**

토스쿠 정광모 장편소설 ***2016 세종도서 우수문학도서**

칼춤 김춘복 장편소설

진경산수 정형남 소설집

씽푸춘, 새벽 4시 조미형 소설집

아디오스 아툰 김득진 소설집

붉은 등, 닫힌 문, 출구 없음 김비 장편소설

내 안의 강물 김일지 소설집

끝 이병순 소설집 ***2015 부산작가상 수상도서 *2016 세종도서 우수문학도서**

레드 아일랜드 김유철 장편소설 ***2015 부산국제영화제 아시아필름마켓 북투필름 참가작 선정도서**

날짜변경선 유연희 소설집 ***2015 세종도서 우수문학도서**

다시 시작하는 끝 조갑상 소설집

조금씩 도둑 조명숙 소설집

번개와 천둥 – 소설 대암 이태준 이규정 장편소설 ***2015 부산문화재단 우수도서**

편지 정태규 창작집 ***2015 세종도서 우수문학도서**

고도경보 김헌일 항공소설집

청학에서 세석까지 정태규 소설집

이상한 과일 서정아 소설집

감꽃 떨어질 때 정형남 장편소설 ***2014 세종도서 우수문학도서**

만남의 방식 정인 소설집 ***2015 백신애문학상 수상도서**

목화 – 소설 문익점 표성흠 장편소설 ***2014 세종도서 우수문학도서**

치우 이규정 소설집 ***2013 문화예술위원회 우수문학도서 *2014 이주홍문학상 수상도서**

서비스, 서비스 이미욱 소설집

작화증 사내 정광모 소설집 ***2013 문화예술위원회 우수문학도서 *2013 부산작가상 수상도서**

장미화분 김현 소설집 ***2013 문화예술위원회 우수문학도서**

밤의 눈 조갑상 장편소설 ***2013 문화예술위원회 우수문학도서 *2013 만해문학상 수상도서**

즐거운 게임 박향 소설집 ***2012 한국도서관협회 우수문학도서 *2012 부산작가상 수상도서**

삼겹살 정형남 장편소설 ***2012 문화체육관광부 우수교양도서**

한산수첩 유익서 소설집 ***2012 한국도서관협회 우수문학도서 *2012 성균관문학상 수상도서**

댄싱맘 조명숙 소설집 ***2012 한국도서관협회 우수문학도서 *2012 이주홍문학상 수상도서**

1980 노재열 장편소설

불온한 식탁 나여경 소설집 ***2011 한국도서관협회 우수문학도서 *2011 부산작가상 수상도서**

물의 시간 정영선 장편소설 ***한국문화예술위원회 문학창작지원 도서**

테하차피의 달 조갑상 소설집 ***2010 문화체육관광부 우수교양도서 *2011 이주홍문학상 수상도서**

그는 바다로 갔다 문성수 소설집

부산을 쓴다 정태규 외 27인 지음 ***2009 부산시 원북원부산 후보 도서**

우리 집에 왜 왔니 – 처용아비 박명호 소설집

빛 김곰치 장편소설 ***2008 문화예술위원회 우수문학도서**

달콤쌉싸름한 초콜릿, 이야기 옥태권 소설집 ***2008 부산작가상 수상도서**

길 위에서 정태규 소설집 ***2008 이주홍문학상 수상도서**

뿌리 에바 틴드 지음 | 손화수 옮김

문장의 희곡: 다니자키 준이치로의 레제드라마 다니자키 준이치로 지음 | 나승회 옮김

임서가 들려주는 강호 이야기 임서 지음 | 한지연 옮김

해상화 열전 한방경 지음 | 김영옥 옮김(전2권) ***2019 세종도서 우수교양도서**

마니석, 고요한 울림 페마체덴 지음 | 김미헌 옮김

빌헬름 텔 인 마닐라 아네테 훅 지음 | 서요성 옮김

올가의 장례식날 생긴 일 모니카 마론 지음 | 정인모 옮김

마르타 엘리자 오제슈코바 지음 | 장정렬 옮김

화염의 탑 후루카와 가오루 지음 | 조정민 옮김